Andor Endre Gelléri
Die Großwäscherei

Andor Endre Gelléri

DIE GROSSWÄSCHEREI

Aus dem Ungarischen
und mit einem Nachwort
von Timea Tankó

GUGGOLZ

1

Aus unzähligen kleinen Gassen strömen Wagen, galizische Juden in Kaftanen, magere Arbeiter, immer in Eile, in die enge Császárok utca. Auf einem Pferdewagen flattern Hähne, schnattern Enten in kleinen Käfigen; von einem anderen hängt der blutige Kopf eines geschlachteten Ochsen herab. Ein mit Mehlsäcken voll beladener Lastwagen hupt, um die riesigen Rosse anzutreiben, die die Bierfässer tragen, und die Straßenverkäufer schieben ihre Gemüsekarren durch den dichten Verkehr, werden ständig angerempelt und schimpfen. Überall rasen und klingeln Fahrräder, und die Passanten überqueren die Straße nicht, ohne dass ihnen dabei vor Aufmerksamkeit fast die Augen aus den Höhlen treten. Hier stehen die ältesten mehrstöckigen Häuser der Stadt: deren schäbige Gesichter werden von den mit Waren und Preisschildern gefüllten Schaufenstern der vielen Geschäfte angestrahlt. Vor den Geschäften, in denen für günstige Angebote geworben wird, versammeln sich Menschenmengen, auf der Suche nach billiger Beute. Die gesamte Straße dröhnt vor Geschrei: Niemand hier spricht leise, jeder hebt unwillkürlich die Stimme, sobald er die Schwelle zur Straße mit den vielen Fleischereien überschritten hat. Jeder wird flink, die Nerven spannen sich an, in den Gesichtern tanzen Qual und Lächeln, auch in denen der Verkäufer, die mit ganzem Körper gestikulieren, dabei schmeicheln, sich ehrerbietig geben, oder aber denjenigen, der geht, ohne etwas gekauft zu haben, laut verfluchen. Und während hier oben das große Tauschen Schweiß in jedes Gesicht treibt, wird hinter alten Eisentüren in den blinden Kellern der Häuser gearbeitet. Drehbänke rotieren unermüdlich, zwischen ihren Stahlbacken glänzt Bronze; fünfzehn oder gar zwanzig Gehilfen öffnen, schließen, überprüfen blinzelnd den krummen Tastzirkel, und wenn der Drehmeißel genug Span vom Guss abgehoben hat, halten sie die Bank plötzlich an. Im Keller eines anderen Hauses arbeiten zwischen wackeligen Holzpressen Buchbinder mit abgerundeten Hämmern, Kleber und scharfen Scheren. Im nächsten Haus sitzen mehrere junge Mädchen im Keller. Sie kleben Haare auf kahle Puppenköpfe, malen ihnen Augen, liebliche kleine Münder, und wenn sie mit ihren mageren Händen die hübschen Kleidchen an ihnen zurechtzupfen, sieht es so aus, als würden sie selbst noch spielen. Auch die engen Innenhöfe sind nicht leer. Hier klopfen die langhaarigen Kürschnergesellen mit Haselnussruten ein Bärenfell aus, am aufklappbaren Holztisch nietet der dicke Meister mit dem heiteren Gesicht eine Ziegenlederdecke zusammen. Rechts von ihm dampft es aus einer Fleischräucherei, links sind Eierkisten aufgestapelt, weiter hinten tönt Klopfen aus einer Schnellbesohlungswerkstatt, und in den Toreingängen stehen Verkäufer, die mit Artikeln der Körper- und Kleidungspflege handeln: Spiegel, Kämme, Spangen, Schuhcremes; im nächsten Eingang werden alle möglichen antiquarischen Bücher und alte Gemälde angeboten.

Eine besondere Aufmerksamkeit in diesem rauschenden Lärm, diesem luftarmen Gedränge verdient der Großbetrieb der Straße: die Dampfwäscherei Phönix. Sie besteht aus lediglich fünf Räumen, in denen ungefähr hundert Menschen arbeiten. Diese fünf zimmergroßen Räume sind voller Maschinen, Kessel, Menschen, Dampf und dem beißenden Geruch von Chemikalien. Hin und wieder tauchen in den Dunstschwaden, die durch die schmalen Gitterfenster nach draußen ziehen, schwitzende Arbeitergesichter auf; ihre Haare und Bärte sind feucht vom Dampf, sie rufen einander etwas zu und verschwinden wieder in den weißen Schwaden. Das zur Straße hin gelegene Geschäft des Phönix ist winzig; die Kundschaft und die Angestellten stolpern übereinander, von der Straße dringt ohrenbetäubender Lärm herein, von drinnen dröhnt das Grollen der Maschinen hinter der Holzschwingtür hervor. Wenn diese Tür sich quietschend öffnet, ist ein Saal mit sauberer Weißwäsche zu sehen, in dem die Büglerinnen arbeiten. Von hier aus kommt man in die düstere Wäschemarkierkammer: Wie ein Mond brennt hier stets die große Lampe, darunter sitzt mit gebeugtem Rücken ein Markiermädchen und schreibt mit einem Stift die seltsamsten Zeichen auf die unzähligen Kragen, die tausende von Hemden, die zuweilen abstoßend dreckige Unterwäsche. Zur Tür mit dem Fenster, hinter der ein Hof liegt, auf dem viele Gestalten umherlaufen, führt ein anderthalb Meter breiter Gang. In der Mitte des Ganges geht eine Tür ab zum Kesselraum mit den drei runden Kesseln und der Kohlenkiste; vor dem rot flackernden Feuer im Kessel wirkt der rußbeschmierte Heizer mit den mageren Gliedmaßen wie ein Verdammter. Dahinter liegt das kleine Zimmer des Waschmeisters: Hier stehen der riesige Wasserfilter und die verschließbare Holzkiste, in der das Ammoniak-Soda und die Waschseife aufbewahrt werden. Links davon liegt die Waschküche, diese ist zwar endlich etwas geräumiger, dafür aber ständig trüb vom Dampf heißer Maschinen. An den Wänden sind die Waschmaschinen aufgereiht, in der Mitte stehen heulende Wäscheschleudern, über ihnen sind auf Holzgestellen die dazugehörigen Dynamos angebracht. Vor den Fenstern stehen Tische für die chemische Reinigung und Spülkübel. Zuletzt kommt der mit weißen Laken verhängte Maschinenraum: Hier klappern Gasbügeleisen und Heißmangeln, von denen die Beine der Frauen, die an ihnen arbeiten, nilpferddick werden.

An einem so engen und erstickenden Ort pulsiert die Dampfwäscherei Phönix. Ein Mensch drückt sich am anderen vorbei, eine Maschine jagt die andere, und draußen im Laden wächst die Armee der Wäschesäcke von Tag zu Tag auf erschreckende Weise.

Die belebte Straße stößt hunderte von Kunden herein, die darauf drängen, ihre Kragen, Hemden, Kleider zurückzubekommen. Die jungen Frauen, die im Laden bedienen, ziehen die großen Knäuel dreckiger Wäsche von einer Ecke in die andere, lachen und stöhnen dabei; mit ebenso teils heiterem, teils betrübtem Gesicht schleppen die Arbeiter die Wäsche in großen Henkelkörben in die Markierkammer.

Jeder in der Császárok utca kennt Jenő Taube, den wohlbeleibten, vom Glück begünstigten Eigentümer der Dampfwäscherei Phönix. Dieses unruhige, eitle Händlervolk sieht einen wahren Wäschereifürsten in ihm, doch keiner glaubt auch nur eine Sekunde daran, er habe das erstaunliche Vermögen seinem Verstand oder seinem Talent zu verdanken. »Er hat Glück«, »Er hat zum richtigen Zeitpunkt angefangen«, sagen die Leute.

Und wenn Taubes Wagen hupend in die Császárok utca einbiegt, blicken sie ihm missgünstig nach und sagen zu ihren Frauen: »Sieht du?« Denn wie er so mit entblößtem Kopf, ergrauten Locken, auf dem Bauch ruhenden Händen dasitzt, erweckt er den Eindruck, als wäre die ganze Welt Luft für ihn. Er sieht aus wie das starre Denkmal eines Menschen jenseits von allem Guten, aller Lust, aller Freude. »Der alte Bock«, »Der Schwerenöter«, »Was sagst du? Wie viele Frauen hatte er? Fünfhundert?« »Das Doppelte, darauf könnte ich schwören«, raunt man ihm hinterher, doch das Auto bahnt sich mit Taube weiter seinen Weg durch den Verkehr, der sich vor ihm auf wundersame Weise öffnet. Wenn es dann vor dem Phönix hält, eilt die Filialleiterin strahlend, mit überzuckertem Lächeln herbei, um Taube die Tür zu öffnen, und innerhalb weniger Augenblicke macht im Betrieb die Nachricht die Runde: »Der Alte ist da!« Und weil fast jede der Angestellten bereits einige Schäferstündchen mit ihrem Chef verbracht hat, sind sie erregt, wischen sich den Schweiß von der Stirn, ziehen und schieben noch ein wenig behänder die stinkend glühenden Bügeleisen über die Wäsche. Taubes Erscheinen erhitzt auch die jungen Frauen im Maschinenraum; sie arbeiten so angestrengt, als wollten sie dadurch ihre ewige Treue zu ihm ausdrücken, und betrachten ihn, der mit trägen Schritten an ihnen vorbeiläuft, schweißgebadet, glücklich.

Am Tag arbeiten diese Frauen in weißen Kitteln. Sie bekommen sie im Phönix ausgehändigt, damit ihre eigene abgetragene Kleidung nicht die Unterwäsche und die Kragen verschmutzt. Diese Kittel sind stets sauber, denn den Waschmaschinen macht es nichts aus, sie immer wieder zu waschen, und dem Leinen tut das heiße Wasser, der Seifendampf, das Chlor, das beißende Ammoniak-Soda nichts. Aber die Seelen, die besudelten Körper der Frauen rein zu waschen, ist nicht so einfach.

Die Färber und die Wäscher, diese verdorrt blassen Männer, bekommen im Phönix riesige Stiefel mit dicken Holzsohlen. Wenn sie am Morgen den Betrieb betreten, sind sie klein, dürr, lustlos, aber sobald sie in die Holzschuhe steigen und den Färberstab oder die Waschbürste in die Hand bekommen, verwandeln sie sich in Riesen. Sofort richtet sich ihr Rücken auf, sie gehen stolz, ihre Stimme wird laut und fest.

Solche Geschenke bekommen die Arbeiter in der Dampfwäscherei Phönix. Und die hier verbrachte Zeit beschenkt sie noch mit etwas anderem: mit funkelnden Augen, die sie leidvoll sehen lassen, wie hier alles sauber und weiß wird; nur sie, sie werden immer schmutziger und befleckter.

2

Der Heizer des Phönix ist bereits da, sitzt zwischen seinen Kesseln. Er studiert die *Volkszeitung* und murmelt vor sich hin:

»In China«, liest er aufgeregt, »ist die Revolution ausgebrochen! Das wusste ich gar nicht.« Die Unterlippe zwischen zwei Finger gefasst sagt er: »Ja, Wu Peifu, er ist es!«

»Wu-Pei-fu«, wiederholt er, jede Silbe betonend, um sich den Namen einzuprägen, »der steht auf der Seite der Arbeiter … Und Zhang Zuolin ist gegen sie … Pfui!«

Er spuckt aus, wischt sich die Augen und gerät in lustvolle Erwartung, die Einzelheiten zu erfahren. Da läuten draußen, in den Kirchen, die Glocken: Es ist halb sechs.

Es ist, als hätte man einen Eimer kaltes Wasser über János Tir ausgeschüttet. Er legt rasch die Zeitung beiseite, greift nach altem Papier, stopft es in die Kesselöffnung, wirft kleingehacktes Holz hinterher und schüttet noch ein paar Schaufeln Kohle darauf.

»Wu Peifu gewinnt!«, ruft er, und seine Augen glänzen, als er das Streichholz ans Papier hält. Innerhalb weniger Augenblicke lodern die Flammen in allen drei Kesseln.

Das Manometer bewegt sich, der Dampf steigt, Tir dreht das Wasser ab; und wieder wirft er Kohle ins rotglühende Feuer. Währenddessen huschen einige junge Frauen herein. Sie sind blass, haben Augenringe.

Tir lugt hinter dem Kessel hervor, griesgrämig. Er sieht sie verächtlich an, aber die Frauen lassen sich von der Pose des Frauenhassers nicht beirren und lachen ihm zu.

»Tir! Tir!«, rufen sie schrill und tuscheln weiter, ohne ihn zu beachten.

Der Heizer lauscht neugierig, und als sie ihn dabei ertappen, vertieft er sich schnell in das Titelbild der *Volkszeitung*: Ein Mann, der seine Geliebte ersticht. Am liebsten würde er zu den Frauen laufen und es ihnen unter die Nase halten: »Dieses Schicksal erwartet auch euch.« Doch dann blickt ihn aus der Zeitung erneut die Nachricht über die Chinesische Revolution an, und er liest gierig weiter.

Auf dem Gang klappern immer mehr Absätze, das ununterbrochene Rauschen der Unterhaltungen schwillt an. Diese Gesichter sind verzweifelt, verschwitzt, vertrocknet, nur die Münder bewegen sich fortwährend. Es erscheinen die Arme der Wäscherinnen, kräftig wie Männerarme, und die Kragenwaschmädchen, die mit ihren vierzehn oder fünfzehn Jahren, ihren gertenschlanken Beinen und sich kaum wölbenden Brüsten wie verwunschene Zwerge wirken, die nicht mehr wachsen.

In der Waschküche knattern die Dampfrohre, an den beschädigten Dichtungen lassen sie trunkene Pfiffe ertönen, und in den Bügelstuben glühen die Gasbügeleisen auf.

Rusz, der Waschmeister, hastet herbei. Um ihn herum einige Frauen, die ihn umschmeicheln. Rusz beachtet sie gar nicht, er betritt gleich das Kesselhaus.

»Gibt's Dampf?«, fragt er.

Tir salutiert, steigt auf die Leiter und dreht den Hahn bis zum Anschlag auf.

Rusz zieht sich schnell aus und die Arbeitskleidung an; jede seiner Bewegungen ist nervös, hastig. Er wird erst ruhig, als er endlich in den großen Holzschuhen steht. Das Dröhnen der Schuhe verleiht ihm Kraft, und die Arbeitergesichter, die nur auf seine Worte warten, geben ihm das Selbstbewusstsein zurück. Als er »Los geht's!« ruft, flattern die Mädchen und Frauen in ihren weißen Arbeitskitteln davon wie ein Vogelschwarm bei einem Peitschenhieb.

»Komm schon, Mariska, los«, sagt er zu einem Mädchen, dem der ausgetretene Schuh vom Fuß gefallen ist, und das er nun vor sich herschiebt; auch das erheitert ihn, doch dann bemerkt er Motyó, den Waschjungen, der dumpf dreinblickt und gerade die am Vortag gelb gewordenen Hemden hochhebt, und da fällt Rusz ein, dass jedes einzelne dieser Hemden vierzig Pengő kostet … Und dass es sich um gräfliche Wäsche handelt! Er hält inne, lässt den Kopf hängen. Die ganze Nacht hat er darüber gegrübelt, wie man diese dreißig Seidenhemden retten, wie man den Schaden von tausendzweihundert Pengő verhindern könnte. Seit vier Jahren schon ist er Betriebsleiter, und noch nie hat es irgendwelche Schwierigkeiten gegeben; und nun wird ihm dieser große Schaden Kopf und Kragen kosten.

Das dumme Gesicht des Waschjungen reißt ihn aus seinen Gedanken: Man könnte denken, ein Kalb sieht sich die Hemden an.

»Geh in die Markierkammer und hol erst einmal andere Wäsche«, sagt er, um ihn nicht mehr sehen zu müssen. Am besten wäre es, den ganzen Tag allein sein, auf und ab spazieren und nachdenken zu können. Er geht in die Kabine zurück, wo er sich umgezogen hat. Dort steht die Wasserfilteranlage, mit den blauen und roten Schläuchen. Matt lehnt er sich an die Einrichtung, nimmt das deutsche Fachbuch in die Hand und versucht verzweifelt, die

Frakturschrift zu entziffern. Er blättert vor und zurück: Es hilft nicht; wieso nur kann er kein Deutsch?

Als er das Buch auf den Tisch zurücklegt, kommt es ihm vor, als hätte man ihm das Gehirn ausgeblasen. Nun holt ihn die Erschöpfung der durchwachten Nacht ein. Er wirft einen Blick auf die Uhr: Die beiden Färber sind noch nicht da. Die Herren fangen erst um halb acht an. Einer der beiden weiß bestimmt ein Mittel, das Gelb aus den Hemden zu entfernen. Der Haken ist nur, dass sie ihn für nichts Besseres als einen Tagelöhner halten und bei Taube durchgesetzt haben, dass er ihnen keine Anweisungen geben darf. Vielleicht versucht er gerade deshalb immer wieder, ihnen Befehle zu erteilen.

»Mein Gott, mein Gott«, sagt er und fleht leise wie damals, als er noch ein Junge war und sein verlorenes Geld nirgends finden konnte. »Hilf mir nur dieses eine Mal, die dreißig Hemden zu retten.«

Die beiden Färber kommen am Eingangstor an, sie unterhalten sich. Der eine heißt Novák, der jüngere Angelov. Als sie den Eingang erreichen, holt Novák seine Uhr hervor.

»Stop«, sagt er zu Angelov, der im Begriff ist, weiterzugehen. »Warte … Es ist erst in zwei Minuten halb acht.«

Angelov würde gerne weitergehen, der andere lässt ihn jedoch nicht.

»Siehst du, jetzt ist es halb acht«, sagt er, »na, lass uns gehen.«

Er geht los, darauf bedacht, einige große Schritte vor Angelov den Betrieb zu betreten und als erster »Guten Morgen« zu rufen.

Dann hastet er auf den Hof, wo die Kupferkessel stehen, die man zum Färben benutzt, und die aus Brettern errichtete gekalkte Benzinwäscherei.

Die beiden Färber sind jung. Ungefähr dreiundzwanzig Jahre. Und mehr oder weniger befreundet. Novák hat vier Klassen der Bürgerschule besucht, Angelov vier des Gymnasiums. Sie ziehen sich aus. Novák ist drahtiger und muskulöser, seine glänzenden schwarzen Augen strahlen sinnliche Kraft aus. Angelov ist blond wie ein Russe, seine Augen sind blau.

»Du Bauer, vielleicht grüßt du mal!«, blafft Novák beim Eintreten Motyó an, der geistesabwesend in die Luft starrt.

Der Heizer fasst Angelov an den Arm.

»Heute Mittag erzähle ich dir etwas«, sagt er geheimnisvoll und greift sich ernst ans Kinn, »Revolution!«

Novák hat den Dampfhahn des morschen Warmwasserspeichers bereits aufgedreht. Das kalte Wasser röchelt, als käme es direkt aus der Hölle, und sobald es warm wird, pfeift und blubbert es. Angelov zerkleinert die Seife mit einem Beil, und als Novák mit dem Reinigen der Spülfässer fertig ist, perlt und tutet das Wasser bereits traurig im Speicher, als säße ein musizierender Slowake darin.

Angelov taucht den Holzeimer hinein: Das Summen zerbricht, das heiße Wasser hustet, schwingt durch die Luft und platscht auf die Seifenspäne. Währenddessen füllt der dicke Gummischlauch die Fässer mit Wasser; Novák hängt ihn in ein Fass nach dem anderen. Er starrt in den Wasserstrudel, patscht mit der flachen Hand auf die Wasseroberfläche und blickt immer wieder zu den Waschmaschinen. Jetzt kommt Rusz aus dem Kragenzimmer zu den Färbern, was ihn offenbar große Überwindung gekostet hat. Damit es ja kein anderer hört, ist er gezwungen, ganz nah an Novák heranzutreten, der genauso aufgeregt ist wie er:

»Ich bitte Sie … Herr Novák«, sagt er schwerfällig, »könnten Sie … mir nicht etwas empfehlen … womit man das Gelbe aus den Hemden bekommt?«

Novák wirft den Gummischlauch ins letzte Fass und gibt vor nachzudenken. Er legt die Stirn in Falten, wendet sich Rusz zu und pustet ihm die Antwort in die blinzelnden Augen:

»Nein … es tut mir sehr leid, Herr Rusz … nein.«

Als hätte man ihm einen Stich verpasst, zuckt Rusz erschrocken zurück. Er holt tief Luft und seufzt mehrmals. Er wirkt ganz benommen, weiß nicht, wohin er jetzt gehen, was er tun soll, die Angst nimmt ihm die Luft, und alle Worte sind ihm abhanden gekommen. Vor lauter Aufregung muss er husten. Er wendet sich von Novák ab, der ihn mit flammendem Blick ansieht, und geht weg. Als wäre für ihn nun schon alles egal, hebt er, in der Mitte der Waschküche angekommen, den Kopf und winkt den Waschjungen herbei:

»Zuerst wäschst du sie eine halbe Stunde in kaltem Wasser.«

Motyó kratzt sich am Kopf.

»Eine halbe Stunde?«, fragt er, hebt die gelb gefärbten Seidenhemden einzeln hoch, um sie in die Waschmaschine zu legen.

»Mein Gott«, sagt Rusz zitternd, »nimm sie alle auf einmal und stell dich nicht so an.«

Erschrocken greift Motyó unter den Haufen, dabei wird er ganz nass, nur langsam, stöhnend erreicht er die Öffnung der Waschmaschine und wirft, völlig außer Atem, die schwere Last hinein. Er schließt die Eisentür, bemerkt Rusz' stechenden Blick, dann traut er sich, am Hebel zu ziehen, und die Maschine setzt sich drehend in Gang.

Es scheint, als wollte Rusz in die Maschine hineinrufen; als richtete er seine Bitte ans Wasser, an die Hemden, an dieses Gelb. Ihm liegt jedoch kein einziges sicheres, leuchtendes Wort auf der Zunge. Dabei leitet er die Phönix-Wäscherei schon seit vier Jahren: souverän, mit fester Hand. Er ertappt auf rätselhafte Weise jeden, der heimlich ein bisschen schwatzt, er sagt kein Wort, misst denjenigen nur mit einem Blick von oben bis unten. Und bei wem das häufig vorkommt, der bekommt eines Samstags sein Arbeitsbuch in die Hand gedrückt. Nie lässt er sich auf einen Streit ein. Wenn ihm jemand eine spitze Antwort gibt, ihn erbost, lässt er denjenigen sich zu Tode schuften und schickt dessen Arbeit, wenn ihm danach ist, auch zum zehnten Mal zurück. Wenn dieser dann immer noch nicht zur Vernunft kommt, wenn er sich widersetzt: Dann kann er gehen. Aber jetzt hat ihn die gräfliche Wäsche wie ein Blitz getroffen. Was könnte er für die Hemden noch tun? Was soll er machen, wenn die halbe Stunde um ist?

Novák würde vor Freude am liebsten schreien. Der blinde Moment des Glücks, auf den er schon so lange gewartet hat, ist plötzlich da. Er blickt sich gierig um. Was für eine Art Macht fällt ihm nun in die Hand? Alles und jeden starrt er an: die Waschmaschinen, die Dynamos, den abgeschlossenen Raum der Wasserfilteranlage, wohin er sich einen Schreibtisch stellen lassen wird. Sein Lohn wird auch besser … und, denkt er ganz benommen: Da sind noch die vielen gefügigen Frauen, die um Gehaltserhöhung bitten und demütig zu ihm kommen werden, mit gesenktem Kopf, man wird nur ihre Hand nehmen müssen, und schon werden sie mit ihm gehen. Ach, und das Einstellen der neuen Arbeiter am Montagmorgen:

Gedränge, Flehen und dann eine Auswahl treffen unter den hübscheren Frauen.

Er kann nicht weiterarbeiten, stößt die Hose, die er gerade reinigt, von sich und sagt:

»Mach du weiter!«

Er eilt hinaus. Zu den Kupferkesseln. Er nimmt einen Stab in die Hand. Damit schlägt er gegen die Kessel. Der Stab zerbricht geräuschvoll, das metallische Summen des Kessels ist noch lange zu hören. Dieses klagende Summen untermalt seinen Gedankensturm: Wenn Rusz wüsste, was er mit den Hemden machen soll, hätte er sie gestern nicht in heißem Wasser gewaschen – Novák lacht – und dann hätte er heute … heute nicht mit klarem kaltem Wasser angefangen. Er weiß es ganz sicher nicht; ganz sicher ist auch, dass Taube ihn feuern wird. Und dann wird er sich vor Taube hinstellen und es machen, denn er kann es, er weiß es, denn es ist hier drinnen – und er klopft sich auf den Kopf.

Er dreht sich eine Zigarette. Rauchend geht er in die Benzinwäscherei, dabei steht an allen Wänden in erschreckend roten Buchstaben: »Rauchen verboten!« Ach was! Doch dann wirft er die Zigarette weg und zieht die Plane von den Benzinbehältern. Er beugt sich tief über einen der Behälter. Er sieht verschwommen sein glänzendes Gesicht im Benzinspiegel und spürt, wie das betäubende Benzingas durch Nase und Mund in ihn hineinströmt. Das brauche ich, keine Zigarette. Er atmet tief ein. Als er den Kopf hebt, glühen seine Augen noch stärker, sein Blut rauscht und seine Gedanken sind trunkener, mutiger. Die nervöse Unruhe treibt ihn auf den Hof zurück, er zündet sich erneut eine Zigarette an. Er lacht, schüttelt den Kopf. Dass sich das Benzin entzünden könnte, fürchtet er nicht: Er würde die Flamme auspusten, ebenso wie er Rusz auspusten wird. Ihm ist, als hätte er die gesamte Dampfwäscherei Phönix im Mund, als hielte er die Mädchen, die Frauen zwischen den Zähnen, als würde er sie schmecken, sie zerkauen und die Schädel vor sich sehen. Er geht zum Benzinbehälter zurück: »Es kostet nichts und ist besser als Wein.« Er sperrt den Mund auf und trinkt die Benzinluft.

Angelov bürstet die Kleider, neben ihm steht Rusz mit gekrümmten Rücken und redet gequält, leise auf ihn ein. Angelov hält inne, sieht ihn mitleidsvoll an, schüttelt den Kopf und bürstet weiter.

Novák läuft die Galle über, als er zu ihnen tritt. Am liebsten würde er Angelov anbrüllen: »Arbeite, unterhalten kannst du dich auch am Abend!« Dann drängt er jedoch die Wut zurück, greift in den Kleiderkorb und durchwühlt ihn, sucht etwas. Endlich hat er es gefunden: Er wirft Angelov ein Kleidungsstück mit Jodflecken hin. Die Unterhaltung bricht sofort ab, und Rusz richtet sich auf.

»Womit würdest du diesen Fleck entfernen, Mihály?«

Angelov besieht ihn sich, zuckt mit den Schultern, er weiß es nicht und fragt:

»Rudi, hast du wirklich keinen Rat für uns? Wir haben uns schon alles Mögliche überlegt, aber …«

Nováks Gesicht ist plötzlich wie eingefroren. Das fehlte noch. Seine Zähne verschmelzen beinah, sein Mund ist eng zusammengepresst, er atmet durch die Nase. Ohne zu antworten, beugt er sich über die Wäsche. Er taucht eine Frauenunterhose in das weißliche Ammoniakwasser und macht sich wortlos an die Arbeit.

Rusz' hoffnungsvoller Blick zerfällt und rieselt beschämt auf den feuchten Beton. Er, der Novák bisher kaum eines

Wortes gewürdigt hatte, hat sich nun zum zweiten Mal mit seiner Bitte an ihn gewandt. Gesenkten Hauptes verlässt er den Waschtisch, verfällt jedoch sogleich in einen beißenden Ton, stößt nur kurze Sätze aus. Verdutzt führt Motyó die Anweisungen aus, lässt Wasser ein, spaltet die Seife, bringt Ammoniak, wovon er niesen muss.

Dann macht Rusz eine Runde im Betrieb. Er geht langsam. Bemerkt jeden noch so kleinen Fehler. Ermahnt die Kragenwäscher mit knappen Worten, sich zu beeilen. Den Heizer rügt er wegen der Ungleichmäßigkeit des Dampfes. Einer Frau nimmt er das bereits gebügelte Frackhemd weg und knüllt es zusammen mit der Bemerkung: »Das ist doch keine Arbeit, machen Sie das noch einmal.«

Seine entzündeten Augen funkeln. Seine Fäuste öffnen sich, schließen sich, schlagen unterwegs gegen die Wand, auf Bügelbretter, und er wird den Gedanken nicht los, dass das vielleicht sein letzter Rundgang hier ist.

Und wie wäre es, wenn er plötzlich so täte, als hätte er den Verstand verloren? Wenn er die verdammten Seidenhemden dem heißesten Dampf aussetzen und sie dadurch völlig verbrennen würde? Und dann über die rauchende, braune Wäsche gebeugt nur etwas vor sich hinmurmeln würde?

Nein.

Er klopft Motyó auf die Schulter:

»Wasch sie eine halbe Stunde lang. In lauwarmer Seifenlauge.« Den letzten Satz sagt er laut und blickt dabei verstohlen zu Novák hinüber.

Novák hört es und weiß: Rusz lauert auf eine Reaktion. Novák bewegt die Bürste gleichmäßig hin und her und fragt sich dabei nur, ob die Seife nicht seinen Plan zunichtemachen könnte. Nein, das wird keinen großen Schaden anrichten. Trotzdem könnte Rusz endlich mit den Dummheiten aufhören, am Ende bekommt nicht einmal der liebe Gott die Hemden wieder weiß. Er lächelt unwillkürlich. Wo soll er nur mit seiner guten Laune hin? Er drückt die Bürste fest auf den Stoff, bewegt den Arm schnell, schneller, noch schneller, he, Angelov, halt dich ran!

Er spült das Wäschestück, seine Brust, seine Oberschenkel sind ganz nass, er schwitzt, aber weiter, nur weiter, sollen sie es ruhig alle mitbekommen!

Auch Angelov beeilt sich, es ist verrückt, wie es einen mitreißt, wenn der andere in Schwung kommt; die Muskeln spannen sich an, schnellen wieder zurück, wirbeln die kochende Luft auf, zerschlagen den Dampf, der um sie herum als Nebel sinkt.

Der Waschmeister starrt auf seine Uhr … Tick-Tack … Blass vergeht die Zeit. Er wartet auf ein Wunder. Vielleicht …

Er zuckt zusammen. Herr Taube ist da.

Dieser wird von seinen beiden Wegbereiterinnen, seiner Frau und der Geschäftsführerin, umflattert. Sie versuchen sich gegenseitig in der Lautstärke zu übertreffen, zwitschern ihm eine gute Nachricht nach der anderen zu, was nur dazu führt, dass die schlechte von dem großen Schaden umso schlimmer klingen wird. Taube geht schwerfällig zwischen ihnen. Er sieht einer Büglerin zu und vertieft sich dabei so sehr in das Glätten des Hemdes, als wolle er ewig dort bleiben, als sei dieses Ereignis für ihn von größtem Interesse. Die beiden Frauen sehen sich an, lachen hilflos. Aber Taube schüttelt seinen zerzausten Kopf und geht zu dem jungen Mädchen, das an der amerikanischen Maschine die Kragen rundet.

»Schauen Sie her«, sagt er, »so macht man das.«

Die nervöse Anspannung, mit der sie Taube erwartet haben, fällt nun, da der Chef lächelt, von ihnen ab; die Bügeleisen gleiten leichter, die Hemden werden schöner, und auch die Kleiderpressen vor den Fenstern klappern lustiger. Und Taube ist ganz gefesselt von alledem, die Worte seiner Frau und der Geschäftsführerin hört er gar nicht. Es tut ihm gut, den Geräuschen der heißen Bügeleisen zu lauschen, dem Rattern, das vom Fenster her zu ihm dringt, dem Schwingen der vielen nackten Arme zuzusehen, und die sich wiegenden Hüften der Frauen entlocken ihm ein leises Lachen. Gleich wird er zurück in die Virág utca gehen, denkt er, sollen doch die beiden Furien Rusz, diesen Dummkopf hinausfegen. Er glaubt nicht, dass Rusz die Grafenhemden wirklich ruiniert hat. Und wenn schon? Er ist ja versichert, es wäre also im schlimmsten Fall etwas unangenehm.

»Jenő«, spricht ihn seine Frau aufgeregt an, »komm doch bitte mit in die Waschküche. Es geht um tausendzweihundert Pengő.«

Mach doch, was du willst, würde Taube am liebsten antworten. Aber vielleicht macht die Versicherung ja Schwierigkeiten. Nein, er kommt nicht umhin, einen Aufstand zu machen. Na, dann los, denkt er sich, und wird plötzlich ungewohnt flink.

Rusz sieht ihn voller Schreck unter seinen entzündeten Lidern hervor an.

Taube möchte ihm sagen: Machen Sie sich einen Umschlag mit Augenwasser, aber Rusz begrüßt ihn kleinlaut und mit einer so heiseren Stimme, dass er sich tatsächlich langsam Sorgen um die Hemden macht.

»Was ist los?«, fragt er und greift nach dem Arm des Waschmeisters. »Was haben Sie angestellt, Sie Unglückseliger? Zeigen Sie her.«

»Ja, zeigen Sie es«, sagt auch Frau Taube.

Rusz weiß nicht, wohin er treten soll. Es ist, als wäre Luft unter ihm, ein Abgrund, er blickt in alle Richtungen um sich. Dann bleibt sein Blick an der Waschmaschine hängen, er geht auf sie zu.

Die Unbeholfenheit des Mannes ärgert Taube. Besonders erzürnt ihn, dass dieser seine Uhr hervorholt und sie fixiert, als erwarte er sich davon eine Hilfe. Am liebsten würde Taube sie ihm aus der Hand schlagen, er macht jedoch nur eine wegwerfende Handbewegung, und sagt:

»Lassen Sie die Komödie, zeigen Sie die Hemden.«

»Eine halbe Stunde«, sagt Rusz gequält.

Motyó hält die Waschmaschine an; die Tür geht dröhnend auf, aus der Öffnung strömen Seifengeruch und heißer Dampf heraus, auf den Gesichtern erscheinen Schweißperlen.

Taube zieht sein Taschentuch hervor und sagt zu Rusz:

»Was ist? Wir wollen es sehen.«

Rusz lässt den Kopf zur Seite fallen, als baumle er am Galgen. Als habe ihm tatsächlich eine Schlinge um den Hals das Genick gebrochen. Er sagt nichts.

Taube würde gerne etwas hören, ein paar erklärende Worte. Plötzlich legt er die Hand auf die Schulter des Waschmeisters.

»Sie packen sofort Ihren Kram und gehen.«

Erbost fährt er fort:

»Ja, wer so wenig Mum hat, wer kein Wort herausbringt ...« Und dann sagt er etwas, das ihm selbst seltsam erscheint: »Sie scheren sich fort, springen am besten in den Fluss, denn Sie sind ein Schwein, Sie sind niederträchtig.«

Das war's schon, denkt er und will weg von der dampfenden Waschmaschine. Er greift wieder nach dem Taschentuch, aber seine Frau und die Geschäftsführerin halten ihn erschrocken am Arm fest.

»Tu ihm nichts …«

Taube muss beinah lachen. Als ob er hier Ohrfeigen verteilen würde.

»Gehen Sie«, sagt er noch einmal zum Waschmeister. »Ich bitte Sie, verlassen Sie augenblicklich den Betrieb.«

Endlich macht auch Rusz den Mund auf:

»Aber wenn ich nun einmal nicht kann«, sagt er und starrt Taube an.

Inzwischen tut dieser Mann Taube leid, aber zu viele sind Zeugen dieser Szene geworden, die Arbeiter würden Rusz nie wieder respektieren. Er muss gehen.

Motyó steht verschreckt in der Mitte des Raumes; er hat immer Rusz' Anweisungen befolgt und jetzt weiß er nicht, was er machen soll, will jedoch vor seinem Chef auch nicht untätig herumstehen.

Novák hat von Anfang an alles genau beobachtet. Jetzt geht er leichtfüßig wie eine Katze zu Motyó.

Dieser ist das erste Opfer, das er verschlingt.

»Wieso verringerst du nicht den Dampf bei der dritten Waschmaschine?«, brüllt er, und diese lauten Worte schneiden ganz überraschend durch die angespannte Stille.

»Und gieß mir diese Seifenlauge ja nicht in den Abfluss«, fährt er in einem Ton fort, als würde er immer wütender. »Ich will damit noch waschen.«

Taube wendet sich von Rusz ab. Wie dieser Mann hier herumschreit, denkt er. Und als Novák sich von Motyó wegdreht, sieht er Taube vor sich, der ihn von ganz nahem betrachtet. Novák zerbricht nicht, stammelt keine

Erklärungen: Der Betrieb läuft, man hat nicht die Zeit, herumzustehen, und der Waschjunge ist dumm wie Bohnenstroh – sagt sein Blick. Das Feuer der schwarzen Augen, die sich auf ihn heften, hält ihn in einem Bann, ihm gefällt die soldatenhaft herausgestreckte Brust, das ganze Auftreten dieses Mannes.

Auch er drückt den Rücken gerade durch, bleibt jedoch immer noch kleiner als der junge Mann. Na ja, er hat Holzschuhe an und er kriegt ihn noch …, denkt Taube etwas leicht Frivoles. Dann hebt er den Arm und lässt ihn – im vollen Bewusstsein der Bedeutung dieser Geste – langsam auf die Schulter des Färbers sinken.

»Was denken Sie, werden diese Hemden jemals wieder weiß?«

»Das werden sie«, sagt Novák. »Ich werde dafür sorgen.«

Taube zieht die Augenbrauen hoch.

»Sicher?«

Novák nickt.

Taube gefällt die ganze Situation, diese stramme Haltung, die kurzen Antworten statt des Gestammels, der Umschweifen, der feigen Ausreden, die er von Rusz kannte.

»Sie kennen sich also auch mit Weißwäsche aus?«

»Als Herr Taube mich eingestellt hat, habe ich es Ihnen gesagt. Ich hatte mich als Betriebsleiter beworben.«

Taube überlegt.

»Ich weiß es nicht mehr. Kann sein. Aber«, er stockt kurz, »Sie können es versuchen. Wenn es Ihnen gelingt, bewahren Sie das Phönix vor einem großen Schaden. Wenn Sie es schaffen, kommen Sie morgen Abend in mein Büro in der Virág utca.«

»Na dann«, sagt er und blick sich um. »Einen guten Tag.« Den beiden Frauen schenkt er keine Beachtung und geht hinaus. Was wollen sie denn noch von ihm, schließlich hat er alles erledigt!

»Sagen Sie bitte nichts mehr«, sind seine letzten Worte an die Geschäftsführerin, und schon überquert er den Hof, man sieht ihm an, dass er das Ganze bereits vergessen hat und sich an der frischen Luft viel besser fühlt.

Der magische Moment lässt Novák langsam wieder los, er sinkt auf den Boden.

»Na, siehst du«, sagt er mit glänzenden Augen zu Angelov, »nun bin ich Betriebsleiter.«

Der andere nickt erfreut. Er mag die Zusammenarbeit mit Novák, außerdem ist es immer besser, wenn ein Fachmann den Betrieb leitet als ein ehemaliger Tagelöhner.

Rusz sitzt auf einer Seifenkiste im Wasserfilterraum. Ein Zwerg. Die Arbeitskleidung hat er bereits ausgezogen, auch die Holzpantoffeln, und sich umgezogen. Allein Tir, mit der Seele eines Revolutionärs, sieht ihn an; immer wieder hebt er den Arm, um eine belehrende Rede zu halten, um den vor Schmerz erschöpften Waschmeister wachzurütteln, aber wann immer er dessen Arm ergreifen will, sieht ihn der Waschmeister mit einem stechenden Blick an, als sei er wahnsinnig geworden, und Tir bleibt die Predigt im Hals stecken.

Langsam steht Rusz auf, starrt die leere Wand an, zuckt zusammen und tritt auf den Gang hinaus.

Als er gebückt über den Hof geht, erscheinen hinter allen Fenstern die Gesichter junger Frauen, die ihm hinterherblicken. Jetzt ist er auf der Császárok utca. Einen Augenblick später ist er bereits unter den riesigen Kaftanen zweier galizischer Juden verschwunden.

Die Neugierigen kehren verstört zu den Maschinen zurück; sie wissen nicht, was sie sagen sollen: Rusz, der vier

Jahre lang getan hat, was immer er hat tun wollen, ist auf einmal nicht mehr da. Manche der Frauen trauern über ihr eigenes Schicksal, ihnen kommen die Tränen. Und da die meisten von ihnen seine Geliebten gewesen sind, lassen sie sich von dem Weinen anstecken.

Zögerlich setzt der Waschmeister einen Schritt nach dem anderen. Es ist so seltsam, um diese Uhrzeit draußen zu sein. Er weiß immer noch nicht, ob er im Phönix ist oder auf der Straße. Er läuft an den funkelnden Schaufenstern der Geschäfte vorbei und kommt an eine hervorspringende weiße Hauswand. Vor ihm hängt der Werbekasten eines Fotografs. Hinter dem Glas drängen sich unzählige Gesichter, eines, ein schöner Mann mit weißem Bart, sticht jedoch unter ihnen heraus, als wäre er deren Anführer. Er blickt durch seine Brille auf Rusz herab. Die Fotografie dieses Mannes ist die größte, alle anderen sind neben ihr nur kleine Punkte.

Rusz' Verwirrung und sein Schmerz werden noch größer, er fuchtelt aufgeregt in der Luft herum und starrt das Foto des Mannes an.

»Hören Sie«, flüstert er ihm zu, »glauben Sie mir, man hat mich betrogen.«

Er lehnt den Kopf gegen das glänzende Glas.

Er klagt und stöhnt, stützt sich an dem Schaukasten ab und murmelt mehrere Male nacheinander: »Mein Herr, man hat mich betrogen.« Er verharrt reglos, als wäre ihm übel, allmählich zieht er Blicke auf sich, doch dann dreht er sich plötzlich um und rennt in Richtung des Phönix los.

Er rempelt Menschen an, rennt blind durch die düstere Einfahrt und bleibt in der Tür zur Waschküche keuchend stehen. Novák nimmt ein gelbes Seidenhemd nach dem anderen und legt sie in die Waschmaschine. Er lässt kaltes

Wasser darauf fließen und gießt aus einer bauchigen Flasche eine Flüssigkeit in die Maschine. Blubbernd strömt die Flüssigkeit, und ihr Geruch erfüllt den Raum.

Als Rusz ihn wahrnimmt, beben seine Nasenflügel, seine Augen füllen sich mit Tränen, werden ganz klein. Eine der Frauen ruft:

»Ah, wie das beißt!«

»Er macht es mit Salmiak«, murmelt Rusz. »Mit nichts als Salmiak.«

Nun ist er wieder in der Császárok utca. Niedergeschlagen taumelt er die Straße entlang. Er will es nur bis zum Schaukasten des Fotografen schaffen, um dem Mann mit dem langen Bart stockend zu erklären:

»Mein Herr, er hat es mit Salmiak gemacht. Wie einfach. Mit Salmiak.«

3

Die Dampfwäscherei Phönix hat in jedem Bezirk der Stadt eine Filiale. Die Entscheidung, wo er diese jeweils eröffnen sollte, hatte Jenő Taube seinerzeit viel Kopfzerbrechen bereitet.

Bevor er sich entschloss, ein bestimmtes Ladengeschäft zu mieten, hatte er sich wochenlang in dem besagten Bezirk umgesehen. Wenn er dann, mit Informationen beladen, stets gut gelaunt nach Hause spazierte, genoss er es, wie ihm die verschiedenen Pläne und Vorhaben durch den Kopf sprangen. Zuweilen murmelte er halblaut vor sich hin:

»Hör auf meinen Rat, Taube. In der Vízi utca wohnen viele Beamte. Das stimmt, aber in der Körte utca ist die Miete viel niedriger, und der Markt liegt in gleicher Entfernung von beiden. Aber am besten wird wohl doch die Pilis utca sein.«

Wenn er des Abwägens müde wurde, zündete er sich eine Zigarre an. Hinter dem blaugekräuselten Rauch sah er bereits seine neue Filiale und roch die frische Ölfarbe der Möbel. Er klopfte die Asche ab und spielte in Gedanken die Geschäftsideen durch: In dieser Filiale würde er eine sechseckige Straßenlampe aus bunten Glasscheiben anbringen lassen; auch die Texte auf den Aushängen sollten umformuliert werden; und die Werbezettel würden nicht Straßenkinder verteilen, sondern zehn hübsche

Laufmädchen aus dem Phönix, in blauen Matrosenmützen. Danach dachte er voller Wohlgefallen an die neuen Angestellten und stellte sich vor, wie er hinter die eine Empfangstheke eine Brünette, hinter eine andere eine Blonde und hinter eine dritte eine Schwarzhaarige setzen würde. Da lachte er vor Freude laut auf und rieb sich die Hände. Er hätte sich am liebsten selbst abgetastet, um sich zu vergewissern, dass tatsächlich er derjenige war, dem das Phönix gehörte. War er es, aus dem kleinen Dorf in Oberungarn, der es zu hundert Angestellten geschafft hat? Ja! – er riss den Kopf hoch –, der kleine Junge, der immer geschlurft war und sich nicht den Mund aufzumachen getraut hatte, den die Bauernjungen immer verprügelt hatten, könnte jetzt das ganze Dorf kaufen! Und die Bauernmädchen, die ihn verspottet und verjagt hatten, als er ihnen als Jugendlicher hinterhergelaufen war, würden es sich heute wohl anders überlegen, wenn er sie aufforderte, in sein Auto einzusteigen. Ha-ha, was für eine gute Sache, was für ein kluges Wesen das Geld doch war, dachte er und lief beschwingten Schrittes nach Hause.

Besonders stolz war er auf seine Hauptfiliale in der Virág utca. In dieser Straße gab es drei elegante Vergnügungslokale, vor deren geschlossenen Türen nachts Autos hielten, aus denen Ministerialangestellte ausstiegen, Offiziere, reiche Händler und Fremde, die man hierher gelotst hatte. Hier gab es die schönsten Frauen der Stadt.

Taube war häufig Gast in einem der Lokale, wo er auch auf die Idee gebracht worden war, hier eine Filiale zu eröffnen, vor vier Jahren, von einer »Dame«, die alle Madame Ilcsi nannten. Diese Frau stach unter den anderen durch ihre beispiellose Körperfülle hervor. Auch Taube hatte die gewaltige Frau wegen ihrer speziellen Vorzüge aufgesucht, mit ihr in seiner merkwürdigen Art geschäkert und Madame Ilcsi, die für seine finanziellen Verhältnisse großes Interesse zeigte, eines Tages verraten, dass er der Eigentümer des Phönix war. Sie nannte Taube ein dummes Jungchen, ein Eselchen: »Mein Lieber, warum machst du nicht dort ein Geschäft auf, wo es viele Frauen und viele Kleider gibt?«

Der Vorschlag traf Taube wie ein heißer Wasserstrahl: Er stieß einen kurzen Begeisterungsschrei aus, wodurch er sich verriet. Madame Ilcsi wollte für den guten Rat sofort eine Gegenleistung. Taube war zwar erst etwas verdutzt, bot ihr dann aber seine eigenen Besuche an und versprach, ein paar Färber, Waschjungen und den verrückten Heizer aus seinem Betrieb zu ihr zu schicken. Außerdem dürfe sie ihre Wäsche kostenlos im Phönix reinigen lassen, sie solle den Tipp nur niemandem verraten.

Die ersten Erkundungen stellte er noch am selben Abend an. Er fand ein einziges leerstehendes Ladengeschäft in der Straße. Er versuchte gar nicht zu verhandeln, machte sofort eine Anzahlung und zwei Wochen später eröffnete hier die Hauptfiliale des Phönix. Um den Ruf der Firma, den die verärgerten Konkurrenten sofort zu verunreinigen versuchten, kümmerte er sich kein bisschen.

Wenn die Besucher der Freudenhäuser nach den Gelagen die immer belebte Straße entlangspazierten, sahen sie den aus großen roten Glühbirnen bestehenden Schriftzug, mit dem die Dampfwäscherei Phönix für sich warb. Tausende Witze flatterten ihm entgegen, unzählige Menschen merkten sich den stolzen Werbespruch: »Die zuverlässigste Reinigung und Dampfwäscherei der Stadt«. Die Werbung leuchtete bis morgens um vier, bis sie vom Hausmeister ausgeschaltet wurde.

Hier nahm Taube keine Frauen auf, die sich unschuldig gaben. Das Laufmädchen hatte ebenso ein Schandmaul wie die Geschäftsführerin. Man musste ihnen nur mit ein wenig Geld zuwinken, ihnen einen lustigen Abend in der nahgelegenen »Kleinen Bar« versprechen, und schon wären sie bereit gewesen, ihr Seelenheil zu opfern. Die schlampigen Frauen, die den lieben langen Tag in Kaffeehäusern saßen, scheuten sich nicht, ihre dreckigste Wäsche hierher zu bringen. Wie ein wahrer Held erzählte derjenige, der sich am Abend den Frack beschmutzt hatte, den kichernden Fräulein im Phönix am nächsten Vormittag heiter bei einer Zigarette, wie es zu dem Malheur gekommen war.

Angefangen bei den jungen Frauen hinter der Empfangstheke, bis hin zu den Büglerinnen, die auf der Galerie arbeiteten, sah man überall ausgewählt üppige, feuerrot geschminkte Münder, die von früh bis spät schnatterten.

Nach seinen nächtlichen Ausschweifungen schlief Taube jahrelang meist im Büro in der Virág utca. Und das den größten Teil des Tages; währenddessen herrschte im Laden vollkommene Stille. Die vielen Frauen liefen auf Zehenspitzen umher, bewegten sich lautlos wie Fliegen, ihre Münder waren verriegelt, und wenn die eine oder andere durch das Schlüsselloch spähte, flüsterte sie leise: Pst, er schläft noch.

Hier fühlte sich Taube, der von den endlosen Bacchanalien immer träger wurde, am wohlsten, weil man ihn hier mochte. Die Angestellten waren genauso lotterhaft wie er es nach dem Aufschwung seines Betriebs geworden war. Sie schämten sich nie, etwas vor ihrem Chef auszusprechen, machten ungeniert dreckige Witze. Sie boten sich hingebungsvoll an, wenn Taube danach war, sie zu kneifen. Sie beugten sich nach vorn, richteten sich auf: Durch das pausenlose Wogen erbebender Brüste, sich öffnender Schenkel, hervorblitzender Knie hielten sie ihren Chef in ständiger sinnlicher Erregung.

Taube war glücklich, setzte jedoch stets ein gelangweiltes Gesicht auf, wenn ihm, nachdem er völlig benommen aufgewacht war, eine der Frauen den Kapuziner brachte, die andere ihn umschmeichelte und ihm dabei mit Kölnischwasser das Gesicht wusch und eine dritte ihm die Haare kämmte. Eine lernte sogar rasieren und kratzte Taube lachend den spärlichen Bart ab. In diesen Momenten erschien ihm im Geist stets ein altes Bild: der schmächtige kleine jüdische Junge mit den Plattfüßen, der heulend zu seiner Mutter rannte, wenn er von den Bauernjungen verprügelt worden war.

Aber die hässlichen Sommersprossen auf dem Gesicht, das ihn aus dem Spiegel anblickte, gehörten längst vergangenen Zeiten an. Sie waren von Puder bedeckt, von den vielen kosmetischen Cremes, mit denen ihn die Frauen eingerieben hatten. Das in seiner Jugend rötliche Haar war von immer mehr weißen Fäden durchzogen, was seine Erscheinung verschönerte, und auch die Locken waren ansehnlicher geworden. Das ganze Gesicht war nun rosa und feist, und in der Mitte thronte ein geschwungener roter Mund. Nur vor den Augen schreckte man immer noch zurück: Sie glichen grauen Steinchen, die einen aus einer Pfütze anstarrten. Das eine bedeckte er oft mit einem Monokel.

Eine Zeit lang amüsierte er sich jede Nacht in der »Kleinen Bar« in der Virág utca. Er nahm stets zwei oder drei seiner weiblichen Angestellten mit und lachte sich in ihrer Gesellschaft über das Torkeln der Betrunkenen schief, klatschte begeistert, wenn einer von ihnen beim Tanzen hinfiel. Er sorgte aber auch dafür, dass seine Begleiterinnen gehörig tranken, sodass in den Morgenstunden das neue Laufmädchen und die Geschäftsführerin eng umschlungen neben ihm saßen. Wenn es soweit war, begleitete er die beiden beschwipsten Frauen hinaus auf die Straße und ließ sie stehen. Zurück in der Bar, beobachtete er spöttisch die gockelhaften Schritte der eleganten, schlanken Tänzer auf dem Parkett. Er wusste aus dem Kopf, wer ihm wie viel schuldete, für den gereinigten Frack, das gestärkte Hemd, den weißen Kragen.

Er vertrug keinen Alkohol, nahm daher nur Ausgewähltes. Er trank wenig, dafür sündhaft teure Tropfen. Wegen seiner Plattfüße traute er sich nie, über die Stränge zu schlagen, denn er wusste, wie abstoßend unbeholfen diese Art von Betrunkenen waren.

Wenn er schließlich früh am Morgen die Bar verließ, schlug er die Ärmel seines Mantels hoch und gab sich unwillkürlich romantischen Gedanken hin. Manchmal dachte er sogar an Gott, den er sich einfach nicht vorstellen konnte. Darüber seufzte er traurig, als wäre er ein Philosoph, und fühlte sich, während er die Straße entlangschlenderte, wie ein unbegabter Märtyrer, dem man die Glorie versagte. Denn wer in dieser trägen Stadt wusste schon, wie die neun Jahre gewesen waren, die er hart durchgeschuftet hatte, damit dieses stinkende Volk so schöne und saubere Unterwäsche tragen konnte wie die Lords in London? Wer wusste schon seine Überlegungen zu den neuen Kragensalben zu schätzen, mit denen er den Kragen einen schöneren Glanz verleihen wollte? Wenn er in solchen Augenblicken von einer Straßendirne angesprochen wurde, wies er sie grob zurück und setzte seinen einsamen Spaziergang fort. Seitdem er das Phönix eröffnet und es immer weiterentwickelt hatte, war er regelrecht Sklave des Betriebs; er ging nicht mehr, wie früher, ins Theater, las in den neun Jahren kein einziges Buch. Und wenn man ihn fragte, warum er nicht lese, deutete er lachend auf seine Angestellten:

»Mein Herr, sehen Sie sich diese Frauen an. Hier sind ungefähr zwanzig von ihnen. In meinem anderen Betrieb sind weitere achtzig. Von wem bekommen sie ihr Brot? Von mir! Und wenn mir einmal danach ist und ich sie alle hinauswerfe, wo es doch in dem Beruf nirgends Arbeit gibt, was würden sie dann machen? Hungern, jammern, weinen, stimmt's? Da hätten wir das Drama. Einen fertigen Roman. Deshalb interessiere ich mich weder für Theater, noch für Bücher. Ich selbst gebe den Takt an.«

4

Es dämmerte rötlich. Der Wind blies das Laub der Akazien am Rand des Bürgersteigs hoch wie einen Rock; jetzt zeigten sie sich in einer ganz anderen Farbe als tagsüber. Taube saß im Büro, das allmählich in der Dunkelheit versank. Er erwartete Novák; gähnend dachte er daran, müde wie eine Spinne, die zu viel Blut gesaugt hatte. Dann hangelte er sich die dünnen Erinnerungsfäden des Vortages entlang und erblickte, als wäre es eine tote Fliege, das blasse Gesicht des Waschmeisters Rusz. Was für ein Trottel – ein erneutes langes Gähnen. Aber Nováks dunkles Gesicht mit dem feurigen Blick erschien ihm wie eine hin und her rollende heiße Bronzekugel. Auch die Schritte des jungen Mannes hallten in seiner Erinnerung wie Hammerschläge auf Eisen. Und wie er an dessen aufrechte Habachtstellung dachte: Ja, er war wie ein Soldat nach seinem Geschmack. Am liebsten hätte Taube »Rechts – um!« gerufen und »Bajonett – pflanzt auf!«, vortrefflich und eisenhart erschien ihm der junge Mann. Jetzt gähnte er nicht, wie bei Rusz' Fliegengesicht. Es interessierte ihn, wie dieser Mensch von innen aussah; als wollte er ihm in den Brustkorb blicken, kniff er die Augen zusammen. Ja, was steckte in ihm? Reichtum, Armut? Kannte er die Frauen? Ob er wohl wusste, dass Geld nur so lange etwas wert war, solange man die Liebe brauchte? Ob er eine Geliebte hatte, eine aus Feuer, aus Teufelsstoff, eine, die mit jeder Regung Lust anfacht? Taube kam sich vor, wie ein trinkfreudiger alter Mann, der seinen Sohn zum Zechen mitnahm.

Den Leuten aus seinem Umfeld konnte er nichts Neues sagen; die Männer aus seiner Gesellschaft waren raffinierte Lebenskünstler. Immer aufgeregter studierte Taube Novák. Er fühlte sich frisch, spürte, wie seine Fantasie in Gang kam und er sich etwas Neues ausdachte. Wie sehr und wie lange ihm diese warme Neugier gefehlt hatte. Schließlich bedeutet für einen alternden Menschen auch das eine Freude, wenn er einen jungen, an dem er Gefallen findet, an seine Stelle treten sieht. Aber wie könnte man erreichen, dass dieser junge Mann von den Genüssen sofort wie von einem Strudel mitgerissen würde? Er würde ihm die nackte Wahrheit vom Leben erzählen; die Namen von edlen Damen erwähnen, die er für eine Handvoll Geldscheine bekommen konnte. Er würde ihm entgegentreten, schwungvoll wie der Teufel. Er würde ihn durstig machen, hungrig auf Frauen: Er würde ihn den Wert des Geldes lehren, des Geldes, das die Nahrung und der Saft für alles auf dieser irdischen Welt ist. Und dann hätte man ihn so weit, dass er ohne Weiteres Teufel töten und Arbeiter quälen würde. Dann, wenn er einmal den Wohlstand, den Rausch kennengelernt und eingesehen haben würde, dass man dafür sehr viel Geld brauchte. Die Aufregung, von der Taube erfasst wurde, war die eines Romanciers: das Leben um den kleinen Finger wickeln und ein Bild davon zeichnen, ganz wie es einem gefiel.

Mit einem Lächeln ging er ins Geschäft. Sofort war er umringt von den Frauen, und als wollte sie geradewegs Taubes exzentrische gute Laune steigern, kam in diesem Augenblick schnaufend Madame Ilcsi herein. Ihre von Seidenstrümpfen bedeckten Beine flossen beinah aus den

Halbschuhen; ihr Gesicht erinnerte an das eines Schweins kurz vorm Schlachten und bei jedem ihrer winzigen Schritte erbebten ihre wunderbar großen Brüste schwer. Von ihrem kurzen Lächeln ging eine königliche Gnade aus: Sie wusste, dass sie eine Spezialität darstellte und dass ihr in der gesamten Hauptstadt keine Konkurrentin das Wasser reichen konnte.

Madame Ilcsi war auf jeden Fall eine Vertraute der Firma. Sie sah den fröhlichen Taube blinzelnd aus den Augenwinkeln an, wechselte mit dieser Frau ein Wort und mit jener, wobei sie unablässig die Hemdhosen ausbreitete, die sie zur Reinigung gebracht hatte. Taube ergriff ein Maßband und stellte unter dem Gelächter aller Anwesenden fest, dass Madame Ilcsis Hemdhosen breiter waren als hundert Zentimeter.

»Na«, schniefte die dicke Dame, »Taube, mein Herzblatt, ich habe so viel abgenommen, dass ich Ihnen vielleicht gar nicht mehr gefalle.«

Sie hob den Zeigefinger und beugte sich zu einer der Bedienungen.

»Seien Sie schön, mein Engel«, sagte sie. »Sie machen es nicht umsonst. Ich sage es noch einmal: Seien Sie schön, sonst werden Sie dafür büßen müssen!«

Sie wünschte allen einen fröhlichen Abend und schwappte hinaus, ihre kolossale Handtasche ließ sie dabei in der Hand schaukeln.

Taube blickte ihr durch die Ladentür hinterher. Und als hätte die Glasscheibe seinen Blick abgekühlt, wurde er mit einem Mal ernst. Madame Ilcsi blieb auf der anderen Straßenseite stehen und wurde bald von ihren Gefährtinnen umringt. Aufgeschwollen stand sie zwischen ihnen und sprach langsam, weise zu den jungen Frauen. Taube blickte sich verstohlen um und sah sich ebenso von mehreren Frauengesichtern umschmeichelt wie draußen Madame Ilcsi. Jetzt schürzte die dicke Frau ihren gewaltigen Rock, schwenkte ihre Handtasche und klopfte einer mageren Frau heiter auf die Schulter, als wolle sie sagen: Lass uns dem Tod fröhlich entgegen spazieren!

Inzwischen konnte Taube Nováks Ankunft kaum erwarten, es kam ihm so vor, als würde es ihn erneuern, verjüngen, wenn er mit diesem loszog. Taube wollte, dass Novák ihn wie eine Riesenschlange über sich sah, die ihr Opfer mit stummen Blick und langsamen Gleiten dorthin brachte, wohin sie wollte. Die ihm nur das magische Wort »Geh!« zuzischen musste – woraufhin dieser wie benommen gehen würde, bloß weil er es so befohlen hat.

Ja, wenn dieser Novák jetzt das erleben würde, was er erlebt hatte, nur eben nicht alles, nur das Beste: Wer, was würde er in zwei Jahren sein?

Novák kam um acht Uhr. Er trug schwarze Kleidung. Das Licht der milchfarbenen Lampen spiegelte sich in seinen Lackschuhen. Seine zur Seite gekämmten dunkelbraunen Haare, die brennend schwarzen Augen, das panzerharte Frackhemd und sein lauter Gruß hallten in dem Laden, über dem Müdigkeit hing. Die Büglerinnen sahen ihn von der Galerie aus an und tuschelten:

»Der neue Betriebsleiter.«

Und er fühlte die Anstrengung der Bewegung nicht, glitt zu der Geschäftsführerin, als würde ihn der Boden tragen.

»Guten Abend, Fräulein Masa. Ist Herr Taube da?«, fragte er und verbeugte sich wie ein Kavalier.

»Ja, dort«, sagte sie und maß ihn mit Wohlgefallen. »Links, im Büro.«

Novák ging mit großen Schritten hinüber, klopfte mit harten Fingern an. Er öffnete die Tür. Verbeugte sich. Wünschte auch Taube einen guten Abend. Taube saß an der Sofakante. Nickte stumm. Er musterte seinen neuen Betriebsleiter mit langsamem, bedachtem Blick. Er hat sein Hemd von meinem Geld schön stärken lassen. Sei's drum. Er musterte ihn weiterhin so aufmerksam, als handele es sich um eine Frau. Den Brustkorb, die Schultern, das Gesicht und den geraden Rücken. Ein schöner, feuriger Kerl war das!

»Nun«, sagte er, »setzen Sie sich, hier, in diesen Armsessel.«

Novák sank ziemlich selbstsicher in den Fauteuil: Er hatte bereits zwei erfolgreich und makellos durchkämpfte Wäschereitage hinter sich, er hatte einen drohenden Schaden von tausendzweihundert Pengő abgewendet, auch die Frauen hatten ihm auf den Weg hierher schöne Augen gemacht, und Fräulein Masa hätte ihn um ein Haar verschlungen.

»Setzen Sie sich«, hörte er Taube wiederholt sagen. Ein gutes Zeichen, schließlich bekam man keinen Platz angeboten, wenn man gleich hinausbefördert werden würde.

Taube dachte nach. Sollte er gleich zu seiner Luziferschen Rede ansetzen, und wenn ja, wie? Dieser junge Mann war zu schön und zu stark, um seine Befehle blind zu befolgen. Er verstand so viel von seinem Handwerk, dass er sich verabschieden würde, wenn ihm etwas nicht gefiel.

Also, gehen wir es im Ton des Chefs an.

Ein wenig spöttisch fragte Taube ihn nach seinen Plänen als Betriebsleiter aus.

Als Antwort bekam er Interessantes, einfach Durchführbares zu hören.

Taube änderte die Taktik: Er sprach (wie seit Jahren schon nicht mehr) mit blitzschnellen Wendungen, warf unzählige Probleme auf, erwartete prompt eine Antwort, und die halb im Scherz, halb im Ernst gemeinten Sätze sprudelten nur so aus ihm. Ich bin erwacht, dachte er dabei. Wie ich mit dem hier spreche, wie früher. Er erfreute sich am Anblick des respektvoll schweigenden jungen Mannes: Ja, ja, mein Junge, ich habe viel erlebt!

Bis jetzt hatte er sich im Sessel zurückgelehnt, ihm die Worte von oben herab zugeworfen, nun richtete er sich auf, es war an der Zeit, der Junge war etwas benommen. Taube öffnete den Mund, als wollte er zubeißen, und holte tief Luft. Plötzlich begann er, Novák kurze, polternde Anweisungen zu geben und dabei hart zu gestikulieren.

»Hier haben Sie eine Zigarette. Zünden Sie sie wie ein Herr an. Ich will es sehen. Lehnen Sie sich zurück, blasen Sie einen dünnen Rauchfaden. Klopfen Sie die Asche ab.«

Er erbebte nach jedem Satz und achtete auf jede Bewegung, die sich innerhalb von Sekunden abspielte. Novák führte alles, was Taube anwies, ohne Widerrede aus. Er würde später noch Zeit haben, darüber nachzudenken.

»Los«, rief Taube. »Beugen Sie sich noch tiefer. Küssen Sie ihr die Hand, aber nicht so. Gut! Und jetzt, ziehen Sie sie an sich. Sagen Sie ihr mit den Augen, dass Sie sie begehren. Umarmen Sie sie. Ergreifen Sie ihren Arm, gehen Sie ein paar Schritte mit ihr, sprechen Sie zu ihr, schnell und heiß.«

Während der Pantomime verfolgte Taube zitternd jede Bewegung Nováks, erfüllt von einer unnennbaren Nervosität, und erfreute sich an seinen eigenen Befehlen.

Er klatschte wie ein Theaterregisseur. »Sie ist schon ohnmächtig. Sie gehört dir. Du kannst sie nehmen.«

Er schlug Novák auf die Schulter.

»Gut. Du bist ein Herr. Hast Verstand. Wenn du so schnell etwas davon verstehst, was nicht dein Beruf ist, verstehst du von dem hundertmal mehr. Du wirst mein Betriebsleiter.«

Taube atmete geräuschvoll aus und ließ diese seltsame Nervosität von sich abtanzen.

»Du wirst mein Komplize zwischen den Bündeln dreckiger Wäsche, mein Sohn«, fuhr er fort. »Du bekommst Geld von mir, ich habe sowieso keinen Sohn. In Geheimnisse weihe ich dich auch ein: Wozu sollte ich sie für mich behalten?«

Novák stand stramm. Und blickte stramm. Taube spazierte einige Male um den steifen jungen Mann herum. Es war, als hätte seine Trägheit einen Riss bekommen und als würden aus dem Eis nun heiße Geysire ausbrechen. Diese Unterhaltung gefiel ihm. So hatte noch niemand mit seinem Arbeiter gesprochen.

»Weißt du, in diesem Betrieb kann man jede Frau bekommen«, fuhr er berauscht fort. »Sogar meine. Jede von ihnen war meine Geliebte. Wie viele Geliebte hattest du bis jetzt? Fünf? Wir sind gerade fünf gute Freunde. Und unter denen stehe ich nur an vierter Stelle. Denn der Erste unter uns hatte so viele Frauen, das kann man gar nicht zusammenzählen.«

Er überlegte. Für wie viele nackte Körper diese Zahlen stehen. Wie viele Komödien. Er legte den Arm erneut um Nováks Schulter.

»Dabei hatte auch ich an die siebenhundert! Weißt du, was das heißt? Jeder Ton der Liebe ist ein anderer. Ach! Weißt du, was für ein großes Glück es bedeutet, daran zurückzudenken?«, sagte er und lachte, lachte lange, als würde er über die Jahre dieser Erlebnisse lachen. Und er sah den jungen Mann förmlich vor sich, wie auch ihm eines Tages die Seite vor Lachen schmerzen würde.

»Und dafür braucht man nur Geld. Geld muss man sich besorgen. Fürs Geld leben und sterben!«

Anfangs sah Novák Taube verwundert an: Er konnte nicht nachvollziehen, wie gut es diesem von Langeweile erfüllten Menschen tat, sich endlich wieder von einer Begeisterung mitreißen zu lassen, Pläne zu schmieden. Doch dann schwirrte ihm der Kopf von Taubes Geschrei, er errötete und fühlte sich wie der auserwählte Soldat, an den der König vorm Angriff eine eigene Ansprache richtete.

Und Taube wollte ihm zeigen: Schön und gut, aber die Medaille hat auch eine Kehrseite! Er sprach vom Tod, diesem Schlussstein, der die Freuden des Menschen erdrückt. Durch diese Weisheit wollte er ihm beweisen, dass er nicht nur leere Phrasen von sich gegeben hatte, sondern ihm Gutes wollte. Er war ganz beseelt und bekannte seine Überzeugung, dass alles Glück innerhalb des Lebens liege und es jenseits des Friedhofs nichts Menschliches mehr gebe. Er bekannte auch, dass er sich vor dem Tod fürchte, dass er hastig gelebt habe und jetzt wieder lebe, solange es ihm nur vergönnt sei.

Ernst, bedacht blieb er vor Novák stehen.

»Hör zu, du hast jetzt eine ganze Menge gelernt. Ich habe dir in einer halben Stunde meine Erlebnisse von fünfzig Jahren runtergerattert. Stell dich also an die Spitze meines Betriebs, so als wärst du mein Sohn. Du weißt, mit was für Leuten du es zu tun hast. Du kannst ihnen das Blaue vom Himmel versprechen. Dem Laufmädchen kannst du andeuten, dass du ein gutes Wort für sie bei mir einlegen wirst, damit ich sie zur Geschäftsführerin mache … dem

Waschjungen, dass er Waschmeister wird … und deinem Freund kannst du eine Gehaltsverdopplung versprechen, wenn er die Arbeit für euch beide erledigt. Du kannst so viel versprechen, wie du nur willst. Und dir«, hier holte er Luft, »biete ich gleich das Gehalt an, das Rusz zuletzt bekommen hat.«

Er wollte sagen: »Ich verspreche, dass …«, musste aber lachen, da er dem anderen ja gerade erklärt hatte, dass man kein Versprechen halten solle.

»Denk an den Betrieb, als würde er dir gehören. Dann wird es dir Freude bereiten, hier zu arbeiten. Halte dir Geliebte, aber nie zum Nachteil des Phönix. Und merk dir: Die Geliebte eines klugen Mannes arbeitet mehr für ihn als eine Frau, mit der er nichts zu tun hat. Wenn jemand aufbegehrt oder die Bezahlung seiner Überstunden fordert, wirf ihn sofort hinaus.«

Er war schon dabei, den benommenen Novák zum Ausgang zu schieben. Die Büglerinnen beugten sich über das Geländer der Galerie und sahen zu, wie Taube Novák freundschaftlich die Hand schüttelte. So, dachte Taube, ein weiterer Anhänger. Er drehte sich um und betrachtete die Büglerinnen.

Auch sie arbeiten für mich, ja, für mich. Und auch dieser Junge wird immer wieder meinen Namen aussprechen, während er durch die Straßen läuft. Vielleicht kann er kein Deutsch, vielleicht weiß er gar nicht, was dieses Wort bedeutet: Taube. Aber so oder so wird er ahnen, dass ich für ihn die gebratene Taube bin, auf die er schon immer gewartet hat.

Ihm erschien im Geist eine weiße Taube. Jedoch gleich danach eine schwarze mit blutigem Schnabel. Luzifers Taube. Kein Stückeschreiber hat je die Zeilen so durcheinandergewirbelt, wie er es tun würde. Weshalb döste er denn so viel, wieso setzte er sich nicht die Krone des Lebens auf und regierte nach Belieben die ihm Untergebenen?

Als er bei der Geschäftsführerin vorbeikam, beugte er sich an ihr Ohr und flüsterte ihr darüber etwas zu. Das Fräulein verstand es nicht, fragte nach, er winkte jedoch nur ab und zog sich rasch ins Büro zurück.

Der kauzige Chef. Vielleicht war er ja verrückt. Aber wenigstens klopfte sein Herz, das Blut durchströmte ihn, die Schläfen pulsierten. Wie lange schon entbehrte er dieser Lust, etwas zu tun, wie gähnend waren seine Tage zuletzt vergangen.

Er legte sich aufs Sofa und deckte sich mit dem alten Mantel zu. Weshalb benutze er, wie ein Bohemien, einen Mantel als Decke? Könnte er sich etwa keine persische Decke leisten? Weshalb war seine Hose nicht gebügelt? Ach, war das bei einem Menschen, der so viel wert war wie hundert andere, etwa von Bedeutung? Seine Freunde waren reicher ins Leben getreten als er. Bereits als Jugendliche hatten sie Englisch und Französisch gesprochen. Ach, wie aufgeblasen sie doch waren, wie sehr er die Großtuerei des Generals gegenüber dem Oberst hasste! Aber nun waren sie schön alt, und er würde sie wachrütteln. Er lachte. Er würde wieder losziehen, aber nicht er selbst, dieser Novák, er konnte noch küssen, hatte noch Zeit, Kraft, und wenn Taube schon nicht der Erste unter ihnen hatte sein können, sollte es nun dieser Junge sein, sein Angestellter.

Bevor er wegdämmerte, sah er Novák, wie er durch einen Palast schritt, dessen Wände, Treppen und Möbel aus lebenden Frauen bestanden. Novák erklomm benommen den Turm, auf dem die schönste Frau stand, vom Wind umtost. Und hier kippte der Traum in einen entsetzlichen Sturz.

Davon schrak er auf. Benebelt starrte er vor sich hin.

Wenn ich doch nur weiterträumen könnte, dachte er. Was wird wohl mit dem Palast geschehen? Stürzt er ein oder rennen die nackten Ziegelsteine davon? Er schaltete die Lampe mit dem roten Schirm an. Seine Augen waren jedoch müde, er schloss sie wieder. Diese plötzliche Dunkelheit schnitt ihn von allem ab, was soeben vorgefallen war. Er gähnte. Immer und immer wieder. Er seufzte: Schon wieder hatte ihn die Langeweile eingeholt. Er schaltete die Lampe wieder aus.

Novák?, dachte er und verzog den Mund. Es war gewiss nur die Fantasie mit ihm durchgegangen.

Er wollte nicht einschlafen. Immer nur dösen. Einen kleinen Spaziergang, ein bisschen Bewegung bräuchte er. Wovon war er denn so erschöpft? Sammelte sich in ihm etwa die Erschöpfung seiner Arbeiter? Zum Glück schlägt ihm nicht auch noch der viele Dreck, den sie auswaschen, auf den Magen. Pfui! Und dennoch: Die letzten fünf Jahre versanken vor ihm wie ein großes Gähnen. Er erinnerte sich an so gut wie gar nichts. Wie aufgeregt er früher gewesen war, wenn die Zahl der Kragen um Hundert, später um Tausend anstieg. Seit fünf Jahren wusste er nicht einmal mehr, wie viele es waren. Sollte er jetzt nachfragen? Wozu? Auch dieses Büro erschien ihm todlangweilig. Wohin war der Kokottencharme des Ladens in der Virág utca verflogen? Die jungen Frauen brachten ihm Kamm, Kölnischwasser, Kaffee, wie immer, es fehlte nur, dass sie vor lauter Liebenswürdigkeit auch noch gähnten. Und dann diese Müdigkeit, die ihn so faul machte: Sobald er sich irgendwohin setzte, wurde er sofort von Müdigkeit übermannt und nahm förmlich an Gewicht zu; so vergingen seine Tage, meist saß er herum, gähnte, langweilte sich.

Wenn er manchmal auf die Idee kam, nach Hause zu seiner Frau zu gehen, empfing ihn immer dasselbe sanft wartende Gesicht. Diese Frau harrte seiner stets innerlich erregt, wollte alle seine Geliebten ausstechen.

Wie oft ich sie betrogen habe, dachte Taube, immer wieder habe ich ihr die Liebe, die ihr gebührte, gestohlen.

Hier brachen seine Gedanken ab. Morgen ist auch noch ein Tag. Er schlief ein. Seine weißen Haare leuchteten, alles andere verschwand in der Dunkelheit.

5

Nach einigen Schritten wandte sich Novák um, um zu überprüfen, ob er die Glastür hinter sich zugezogen hatte. Er sah, wie Taube mit seinen Plattfüßen langsam zur Geschäftsführerin ging und ihr etwas ins Ohr flüsterte. Masa lachte unsicher, aber die Glasscheibe schluckte alle Worte, vergebens versuchte Novák zu lauschen. Als er sich bereits entfernt hatte, fragte er sich, ob er sich wohl verabschiedet hatte.

»Gute Nacht, gute Nacht, meine Damen«, sagte er und schlug den Weg in Richtung Ring ein.

Gleich drei Straßenbahnen fuhren an ihm vorbei, auf denen das Phönix mit seinen charakteristischen roten Buchstaben für sich warb. Er blickte ihnen hinterher, das Herz zuckte ihm vor Freude. Was für eine Auszeichnung! Was für ein Respekt! Der Betriebsleiter des Phönix zu sein, des Phönix, dessen Werbung allenthalben zu sehen war!

Es war, als begleitete Taubes lustvoller Traum Novák auf dem Weg zum Corso, zu den wirklich feinen Flaneuren. Vor ihm entrollte sich auf mysteriöse Weise ein endloser exotischer Teppich. Auf diesem sah er den Tanz bunter Orgien; er stellte sich vor, er sei ein Bankier, der die schaumweißen Körper der Frauen wie Silbermünzen zählte.

Als nächstes erschien ihm das Bild seines verstorbenen Vaters, des stattlichen Husaren, dessen Sporn klimperte, während er über die Wolken schritt. Zigeuner des Jenseits spielten ihm sein Lieblingslied mit einem Geigenbogen, der von einem Stern bis zum nächsten reichte. Mit Stolz erfüllt betrachtete Novák die Milchstraße: Als würde er dort seinen Vater, den Husaren, sehen, wie dieser die Tür seines Stalls öffnete, um inmitten der leisen Zigeunermusik all seine Ochsen, Rinder, Pferde hinauszutreiben und mit ihnen zu einer schönen Frau zu gehen, für einen Kuss.

Er kam bei den vornehmen Modehäusern an. In vielen Schaufenstern leuchtete auch Werbung für das Phönix. Erneutes Herzklopfen. Innerlich schloss er mit seinem Chef ein Schutz- und Trutzbündnis: Er wollte das Phönix über Hölle und Himmel erheben, immer höher, der Schornstein sollte bis zu den Wolken reichen, Menschenströme sollten sich durch die Tore ergießen und Elefanten die Berge von dreckiger Wäsche hineinziehen.

Jeder Mensch erschafft ein Fantasiebild seines Berufs, und aus Nováks Ekstase gingen allmählich nicht nur Illusionen, sondern auch praktische Grausamkeiten hervor. Er überlegte sich zum Beispiel, dass man die Frackhemden unter seiner Leitung viel schneller würde bügeln müssen: mindestens fünfundzwanzig pro Tag, und das Gehalt würde man nach der Leistung bemessen. Man würde noch mehr junge Mädchen anstellen, und zwar solche, die in der Nähe wohnten, damit man nicht für das Straßenbahngeld aufkommen musste. Man würde die Versicherung in Zukunft gruppenweise, und zwar monatlich zahlen, da sich durch die spätere Anmeldung immer ein oder zwei Wochen der Beitragszahlung einsparen ließen. Für den Wasserfilter würde man im ganzen Land auf riesigen Plakaten mit geschickt formuliertem, suggestivem Text werben:

NUR HIER KÖNNEN SIE IHRE KLEIDUNG
TATSÄCHLICH OHNE CHLOR REINIGEN LASSEN.
GNÄDIGE FRAU, NUR DAS PHÖNIX GARANTIERT
DIE UNVERSEHRTHEIT IHRER KLEIDER.
ZÖGERN SIE ALSO NICHT, BRINGEN SIE SIE
ZU UNS.

In diesem großen Selbstvertrauen verschwanden sein altes Elend, die Jahre der Einsamkeit, die Lehrzeit, als wären sie nur Märchen gewesen. Dafür brüllte jetzt der Wunsch nach Herrschaft in ihm, der Wunsch nach vornehmen Gesten, danach, die Menschen leichthin, mit einer Handbewegung zu feuern, mit einem Heben der Brauen den Ansturm der Frauen auszulösen. Oh, der bodenlose Kelch der Freuden! Geld!

Er spazierte über den abendlichen Corso; umgeben von Seide, Parfum und gutgekleideten Herren. Von der Gestalt eines Dandys ließ er sich vollkommen mitreißen: So müsste man sein, da bekommt man jede Frau! Schließlich hatte auch Taube am Nachmittag einen Herren aus ihm machen wollen – aber wie war er nun von dem Dandy auf den kugeligen Wäschereibesitzer gekommen?

Er lief ihm hinterher, bis er ihn aus den Augen verlor, und dann ergriff auch er seinen Hut, beschrieb damit einen Halbkreis und verbeugte sich:

»Küss die Hand«, flüsterte er der imaginären vornehmen Dame zu, und um durch nichts bei dieser Übung gestört zu werden, trat er in eine dunkle Toreinfahrt. Hier stolzierte der neue Betriebsleiter auf und ab, grüßte, lächelte, tat so, als spräche er Französisch und Deutsch, und äffte lachend den eleganten Dandy nach.

Damit er sich an all das auch später erinnern und diesen Eingang wiederfinden würde, merkte er sich beim Hinausgehen die Hausnummer: Es war die 27.

In diese Zahl hüllte er den gesamten Abend und all seine Zukunftswünsche.

»Siebenundzwanzig«, sagte er später verträumt und sah bereits eine Villa mit Marmortreppe, großartige Zimmer, prächtige Möbel vor sich.

Er näherte sich seiner Wohnung. Ernüchtert erblickte er die maroden Häuserwände. Er hatte das Gefühl, das Haus nur mit einem schmerzvollen »Ah!« betreten zu können, den bröckeligen Wänden ein »Pfui« zuflüstern und das Treppengeländer in ernstem Ton rügen zu müssen, weshalb es sich nicht vom Staub befreite. »Oh, siebenundzwanzig!«

Und auch Pipe gegenüber, seiner Hauswirtin, der Eigentümerin dieser ärmlichen Einraumwohnung im vierten Stock, von der er das Zimmer mietete, müsste er sich wie ein Herr benehmen und ihr Vorwürfe machen. Pipe hatte einen langen, geflochtenen blonden Zopf. Sie trug ausschließlich blaue und rote Kleider, mit großen, weißen Sonnenpunkten. Und ja, Beine hatte sie auch, und ach, was für eine köstliche Taille, was für ein schönes Gesicht (zugegeben, die Augen, die einen daraus ansahen, schielten ein wenig). Das war also seine Vermieterin. Und diese Pipe hatte noch jemanden, und zwar ein »Balg« (wie Novák es für sich nannte), das war ein richtig dummes Ding! Und gerade das gefiel seiner Mutter natürlich an ihm, sie war entzückt von ihm, bewunderte es staunend, wie es auf krummen Beinchen herumtapste.

Novák hasste das Kind. Er hasste sogar die Mutter, wenn

er daran dachte, dass sie das kleine »Drecksfitzelchen« auf die Welt gebracht hatte.

Als er die Hälfte der Treppe hinaufgestiegen war, hielt er inne und blickte zurück. Er starrte auf die vielen Abfalltonnen, die in der Toreinfahrt standen, und die Katzenschar, die darin wühlte. Er wandte sich angewidert ab, als dränge der Müllgestank bis zu seiner Nase.

Ach, wie gut, dass ich hier gekündigt habe, dachte er. Dass ich aus dieser Proletengegend wegkomme. Und bald ziehe ich in ein herrschaftliches Haus, natürlich nicht in den vierten Stock.

Wenn er sich die wahren Gründe seines Fortgehens vor Augen führte, war er jedoch nicht mehr so hochgemut. Denn er fand es schade, von seiner Hauswirtin keinen Kuss mehr zu bekommen. Inzwischen bereute er es bereits, vor einigen Tagen dem kleinen Mädchen, das vor ihm hergewatschelt war, mit der Faust einen Klaps auf den Rücken versetzt zu haben. Er verdammte den dummen Zufall, denn just an diesem Tag begann bei dem Mädchen ein quälender Husten (bestimmt wegen einer Erkältung). Die Mutter machte dafür Nováks Faust verantwortlich und schimpfte hasserfüllt über ihn; sie wünschte ihm, so laut, dass auch er es hörte, dass seine künftigen Hauswirte Nováks eigene Kinder eines Tages zehnmal so stark auf den Rücken schlagen würden. Durch den Klageschwall wurde sie so erregt (zudem wurde der Husten des Kindes immer schlimmer), dass sie Novák anfuhr:

»Warum schlagen Sie mein Kind? Warum? Sagen Sie es mir!«

Novák verstand nicht, weshalb diese Frau, die als Dienstmädchen arbeitete und bisher so vieles über sich hatte ergehen lassen, sich jetzt so erhitzte.

Er ahnte nicht, dass er das Mädchen wohl in einem Moment geschlagen hatte, als das Kind im traurigen Leben seiner Mutter das einzige war, das diesem einen Sinn verlieh.

Zwischen dem dritten und vierten Stock dachte er angestrengt nach. Er hätte die Frau gerne mit einigen netten Worten versöhnt, zumindest für diese Nacht.

Doch als er bei der Pawlatsche über dem Innenhof ankam, blickte er zum Himmel, spürte die milde Herbstluft und wischte mit einem Mal alles weg, was ihn noch auf der Treppe gequält hatte. Es erglänzten erneut die ruhmreichen Etappen dieses Tages vor ihm: Taubes vielversprechende Worte ergaben einen Einklang mit dem Klirren der Sporen seines Vaters.

Er öffnete die Tür zur dunklen Küche. Er lauschte, um aus dem Atmen darauf zu schließen, wer sich in dem Raum befand. Pipe schlief also wieder hier draußen? Er horchte angestrengt. Das Röcheln kam aus der Brust des Mädchens. Es schlief bereits. Pipes gleichmäßiges Atmen ließ jedoch auf sich warten, sie hielt es zurück. Sie lauerte sicherlich, wann Novák ins Zimmer gehen würde.

Ob ich sie wohl mit einem Kuss überfallen sollte?, überlegte er. Schließlich schläft das Balg schon.

Er stellte sich auf Zehenspitzen.

»Kommen Sie nicht«, sagte sie mit gebrochener Stimme.

Novák sank auf die Sohlen zurück.

»Was denken Sie?«, erwiderte er leise. »Das würde mir doch gar nicht einfallen.«

Er atmete seine Aufregung aus. So war es auch gut. Er tastete nach der Klinke seiner Zimmertür. Seine Finger bewegten sich leise tappend über Wand und Tür.

Da hörte er erneut Pipes Stimme aus der Dunkelheit:

»Ist es sicher, dass Sie am Fünfzehnten fortgehen?«

»Ja«, antwortete er knapp und drückte die quietschende Klinke nieder.

»Und schicken Sie mir nicht einmal einen anderen Mieter?«

Novák lächelte. Sie ist wie ein Kind, dachte er. Bis jetzt hat sie mich verflucht und nun will sie, dass ich ihr einen Gefallen tue.

»Ich bitte Sie«, sagte er von oben herab. »Ich bin ein Kavalier, und obwohl Sie es nicht verdienen, werde ich Ihnen einen Mieter schicken, einen, der mir ähnlich ist, nur noch besser.«

Er betrat das Zimmer. Schaltete das Licht an. »Nun hat die Dame also doch den Mund aufgemacht.«

Beim Ausziehen hielt er mehrmals inne. Er blickte sich um. Was war das? Es schien als hätten die Wände Feuer gefangen. Er ging zu Bett. Es war dunkel. Er lauschte. Und flüsterte heiße Worte in die Luft, damit seine Unruhe wie ein Funken in die Küche übersprang und Pipe zum Erglühen brachte.

»Komm, Pipe, komm. Wenn du barfuß an mein Bett trittst, lass plötzlich dein Lachen erklingen, aber leise. Und steck deine Zungenspitze heraus. Fall dann auf mich drauf, atme schnell und deck mich ganz mit deinem Haar zu.«

Novák streckte seine Arme aus.

»Komm herein, Pipe. Wie früher! Ich befehle es dir! Ich will es. Ich, Novák, ich.«

Und so blieb er, ein Rauschen in den Ohren, bis seine ausgestreckten Arme zitterten und die Muskeln an seinem angespannten Hals zuckten. Er setzte sich im Bett auf und lauschte, ob die Tür lautlos aufgehen würde.

Irgendwann ließ er sich missgelaunt in die Kissen sinken. Er atmete in sie hinein und schlief in der Wärme seines eigenen Atems ein.

Draußen saß Pipe mit auf den Knien abgestütztem Kopf im Bett und dachte nach. Sie starrte in die Dunkelheit und wurde von Angst geplagt.

»Was wird mit uns, wenn der Mieter, der immer ordentlich gezahlt hat, gerade jetzt geht?« Sie rührte sich, als wollte sie doch aufstehen.

Doch dann hörte sie vom Fußende, wo ihre Tochter schlief, ein Röcheln, das bald in ein krampfhaftes Husten umschlug. Pipe sank neben ihr Kind ins Bett zurück, als hätte man ihr die Beine durchgebrochen, und sie beobachtete besorgt, wie die Luft durch den Mund der Kleinen in Bläschen herausblubberte. Wieder sah sie Nováks Faust, den Auslöser der Krankheit, vor sich. Sie schickte einen Fluch ins Nachbarzimmer.

Bald schlief jedoch auch sie erschöpft ein.

6

Der Wind pfiff wie eine Gewehrkugel, mit der man auf Wild zielt. Er zischte durch den lauen Sonnenschein, rauschte durchs Laub, vielleicht barg er sogar den Tod in sich, denn er ließ die Menschen ein wenig erschaudern. Sollte der Sommer vorbei sein?, fragten sie sich mit einem forschenden Blick zum Himmel. Der kühle Luftstrom tat der Laune des Vertreters Izrael Lanker ausgesprochen gut. Er musste fortwährend durch die Stadt hetzen, und in der Morgenhitze waren sein Hemd und das Futter seines Mantels bereits durchgeschwitzt. Die durch die konkaven Linsen geschrumpften Augen leuchteten hinter dem dicken Brillenglas, in dem sich winzig die gemächlich heranziehenden Wolken spiegelten. Er schlug seine wunderbar großen, knochigen Hände zusammen, als antwortete er mit klingenden Becken auf das Lied der in seiner Seele erklingenden Sackpfeifen: *Dank dem Herr im Himmel, dass der Sommer vorbei ist und eine kältere Zeit kommt, in der man bessere Geschäfte abschließen kann.*

Er wischte sich den Schweiß ab und eilte in die Hauptfiliale des Phönix. Dort gebe es einen Herrn, der viel Geld habe und sich langweile, hatte man ihm gesagt. Und deshalb brachte er ihm nun Radio-, Grammophon- und Heimkino-Prospekte. Als er bei der Virág utca ankam, stockte er. Um ihn herum waren lauter hübsche Frauen.

Er besah sie sich eingehend und schluckte dann bei jedem Schritt den kühlen Wind.

Er war am Eingang des Phönix angekommen; er sog die Luft ein, als wolle er durch das Glas hindurch erschnüffeln, ob ihm das Geschäft heute gelingen würde.

»Also, Glück auf«, sagte er und öffnete die Tür.

Masa lachte.

»Ach, Sie alter Halunke!«, sagte sie mit einem Lächeln in den Augen. »Was für einen Witz verkaufen Sie heute?«

»Später, liebes Fräulein«, antwortete er, »jetzt möchte ich Sie bitten, mir Eintritt zum Chef zu verschaffen.«

»Das geht nicht«, sagte Masa. »Er schläft.«

Lanker konnte das nicht glauben. Irgendwann musste man ihn doch sowieso einmal wecken.

»Sagen Sie, mein Engel«, sagte er aufdringlich, »was wäre, wenn ich bei ihm anklopfen, ›Verzeihung‹ sagen würde und fertig?«

Masa lachte und ging zum Büro. Lanker folgte ihr und murmelte währenddessen die Preise vor sich hin; er riss seine Tasche auf, damit er die Prospekte gleich zur Hand hätte: Das Radio mit einem Empfang für ganz Europa kostete achthundertzehn Pengő.

»Darf ich?«, fragte er trällernd und stolperte beim Betreten des Zimmers über die Türschwelle.

Masa streichelte bereits Taubes Kopf.

»O, mein Lieber, tut es denn sehr weh? Darf ich ein bisschen Sonnenlicht hereinlassen?«, fragte sie Taube, der die Augen immer noch geschlossen hielt.

»Neeein«, antwortete dieser affektiert, »husch, husch, gehen Sie.«

Lanker verzog den Mund, und sein Gesicht legte sich in Falten. Na, da war er ja genau zur richtigen Zeit gekommen. Der würde ihn sofort hinauswerfen, sobald er ihn bemerkte.

»Gnädiger Herr«, sagte er, »haben Sie etwa Kopfschmerzen?«

Diese Frage klang so dumm in Taubes Ohren, dass er ganz erheitert die trägen, geröteten Augen aufschlug. Interessiert sah er diesen Kahlkopf an, wie er sein kleines, aufgeregtes Gesicht nach vorn schob und an seinem schlaffen Hals die Adern hervortraten.

Ein Vertreter, dachte er gähnend. Sollte er ihn wegschicken oder anhören? Sollte er ihm mit einem verächtlichen Wink klarmachen, dass er keine Zeit hatte, selbst wenn der Vertreter alles in Bewegung setzen würde, um bleiben zu dürfen?

»Was verkaufen Sie denn?«, fragte er schließlich und stand auf.

»Ziehen Sie die Rollläden hoch«, wies er plötzlich den Vertreter an, der gerade angesetzt hatte, eine Antwort zu geben.

Lanker zuckte mit den Schultern.

War er verrückt geworden? Was hatte er mit den Rollläden zu schaffen? Dann ergriff er dennoch das Band, zerrte daran und fing an zu schwitzen.

»Es geht nicht«, rief er wütend, er zuckte immer wieder mit den Schultern und ihm rann der Schweiß von der Stirn herunter.

»Masa«, sagte Taube matt, und als diese herbeigeeilt war, befahl er ihr:

»Die Rollläden müssen hoch!« Dann sank er in einen Sessel.

»Na?«, sagte er, und es erfreute ihn sehr, dass er soeben einen makellosen Herrn abgegeben hatte. Gleichzeitig ärgerte es ihn ebenso sehr, dass es offenbar nichts auf der Welt gab, was ihn mehr beschäftigte als diese kleine Allüre. Wohin würde er denn gerne gehen? Hätte er vielleicht Lust zu verreisen? Wohin? Er war doch schon überall gewesen!

Lanker traf dieses »Na?« wie ein Peitschenhieb und er legte sofort los:

»Nun, ich muss gestehen«, sagte er und breitete die Arme aus, »ich habe – von ich will nicht sagen, wem – erfahren, dass sich der gnädige Herr langweilt.«

»Ach so?«, sagte Taube und blickte vom Sessel aus den grinsenden Vertreter an.

»Also, es ist wirklich völlig nebensächlich, wie und von wem, aber ich habe nun mal erfahren, dass sich der gnädige Herr sehr langweilt. Außerdem weiß ich von meiner Quelle, dass der gnädige Herr ein sehr kluger Mensch ist, aber jeden schnell hinauswirft, weil er nervös ist ... Aber leben muss man ja« – hier hielt er eine Atempause – »würde es Ihnen denn nicht gefallen, ein Radio für ganz Europa zu kaufen? Oder ein Graahmmophon?« – so sagte er es – »Oder ein Heimkino, dann hätten Sie hier Ihr eigenes Kino. Die besten Marken!«, rief er, als Taube verwundert gähnte. »Ich garantiere es Ihnen«, sagte er und klopfte sich dabei auf die Brust.

»Und beim Grammophon gibt es drei Schachteln Nadeln kostenlos dazu, stimmt's?«, fragte Taube leise und winkte mit einem Lachen ab. »Sie sind nicht der Erste, der mir das anbietet.«

Es war ihm egal, was diese Gestalt redete, er freute sich nur darüber, dass er von dem Vertreter wachgerüttelt worden war wie einige Tage zuvor von Novák. Mit seiner kreischenden, aufdringlichen Stimme, seinem zu schiefen, verzerrten Gesicht und dem spärlichen, flammend rötlichen Haar, den verrückt großen Klauen, war er kein gewöhnlicher Vogel.

Taube verzog das Gesicht und kratzte sich am Ohr. Und Lanker grinste, als er sah, wie gut gelaunt der große Herr war, den man ihm als so furchterregend beschrieben hatte.

Der Vertreter wirkte auf Taube, als ströme Elektrizität aus ihm; seine gierige Unersättlichkeit, seine dumme Hinterlistigkeit vibrierten in jeder seiner Bewegungen. Taube freute sich über ihn wie ein Kind sich über ein Spielzeug freut.

»Es wäre gut, etwas zu essen, nicht?«, wandte er sich aufrichtig an den Vertreter.

»Das Graahmmophon …«

»Lassen Sie das erst einmal … Wie war nochmal Ihr Name?«

»Ich bin Izrael Lanker, geboren in Polen, im Jahr achtzehnhundertachtzig«, antwortete er schallend.

»Dann sind Sie ja so alt wie ich«, sagte er und musterte den anderen. »Ich bin also noch gar nicht so vom Fleische gefallen.«

»O, wissen Sie«, sagte Lanker, der nun bereits sah, dass er hier nur nach ausgiebigem Plaudern ein Geschäft würde abschließen können, »die vielen Frauen haben meine Lunge ruiniert.« Er seufzte.

»Was sagen Sie da?«, fragte Taube verwundert.

Wie töricht es vom ihm gewesen war, dass er die Menschen bisher stets hinausbugsiert hatte, anstatt sich mit ihnen zu unterhalten. Wenn er diesen hier einen Platz anbieten würde, würde er ihm die Geschichte der Lankers – angefangen beim Auszug der galizischen Juden bis zum

Ende der Welt – erzählen, die Geschichte seiner Familie, unter denen es bestimmt Wunderrabbiner gegeben hatte und Verrückte, und eine hundertjährige Großmutter hatte Lanker bestimmt auch gehabt, die vor ihrem Tod ihre Strumpfhosen bei Mondschein gestrickt hatte. Und jetzt wollte er sich sogar noch über Frauen unterhalten? Am Ende würde er ihm, Taube, vielleicht sogar noch Ratschläge geben. Na, Lanker, lass hören, was du draufhast.

»Wie viele Abenteuer hatten Sie?«, fragte er.

Lanker sank bei dem Seufzer, mit dem er antwortete, regelrecht in sich zusammen.

»Wenn ich das alles erzählen würde, käme ich noch hinter Gitter. Sehen Sie diese Ringe?«, fragte er und hielt Taube seine seltsame Hand unter die Nase. »Sehen Sie meine Goldkette? Sie ist schön, stimmt's?« Dann zog er eine enorme Golduhr aus der Westentasche. »Und diese?«

Er lachte hämisch. Er sprang auf die Zehenspitzen, sein Gesicht glühte rot.

Das ist der Teufel, dachte Taube.

»Diese schöne große Uhr hat mir mein Vater hinterlassen, der starb, als ich noch Lehrling beim Krämer Löwy war. Ich war damals gerade mal fünfzehn Jahre alt. Richtig, genau so alt war ich. Und es gab im Dorf eine große, massige Witwe, sie war so dick, neben ihr war ich so klein«, sagte er und zeigte, wie klein. »Wissen Sie«, sagte er und lachte, »ich habe es bei ihr versucht, aber sie hat mir so eine Ohrfeige verpasst, dass meine Nase den ganzen Abend nicht mehr zu bluten aufhören wollte. Ich sagte zum Gehilfen, ›Du, Majsi, diese Frau hat mir so eine gepfeffert, dass ich noch verblute.‹ Majsi antwortete: ›Keine Angst, beug den Kopf einfach nach vorn, ich kühle es dir mit Wasser.‹ Ich beugte den Kopf nach vorn, er ließ kaltes Wasser darüberfließen und ich, mit dem Kopf unter Wasser, fragte ihn irgendwann: ›Sag, Majsi, wie muss man denn mit einer Frau sprechen?‹ ›Ich werde Herrn Löwy Bescheid sagen‹, rief er wütend, ›denn du wirst ihretwegen bestimmt noch Geld aus der Kasse stehlen.‹ Ich sollte Geld stehlen? – Der Gedanke beschäftigte mich die ganze Nacht. Nein, das würde ich nicht. Aber ich würde ihr meine Golduhr schenken. Meine Golduhr soll ich ihr schenken, die mir mein seliger Vater hinterlassen hat? Auf gar keinen Fall! Sollte ich ihr etwa Zucker bringen, eine Flasche Rum und ein halbes Kilo Fett? Das müsste ich ja alles stehlen. Ich würde ihr lieber meine Golduhr versprechen, aber nur versprechen und sie ihr dann nicht geben.«

Taube wurde schwindelig vor Lachen. Wie dieser hier bei jedem Wort in die Luft sprang, mit verschmitztem Blick den folgenden Satz vorbereitete, und das Grammophon und das Radio dabei ganz vergessen hatte, während er die Geschichte erzählte, wie er die Witwe erobert und hereingelegt hatte.

Lanker war in Fahrt gekommen. Obwohl er tratschte und sein Bemühen, Taube zu unterhalten, nicht zu übersehen war, tauchten in seinem Geschwätz dunkel und blass wie die Schatten von Wolken, die hoch am Himmel vorbeizogen, hin und wieder die Bilder von Frauen aus seinen Erzählungen auf. Hinter den lachend vorgetragenen Geschichten konnte man tief ins Elend blicken, seine leichten Beuten zeigten so deutlich den entsetzlichen Kampf der Menschen um das täglich Brot.

»Später probierte ich diese Methode noch öfters aus. Ich versprach die Golduhr – zum Schluss gab es dann zwar manchmal mächtig Ärger, aber die Uhr behielt ich.

Dann kaufte ich mir eine schöne Brosche und verlieh alles Geld, das ich verdiente, zu Wucherzinsen, nahm als Pfand aber nur Schmuck an. Die Frauen wickelte ich so ein: ›Meine Dame, wenn Sie gerne einen schönen Brillantring tragen würden, kommen Sie doch heute Abend einfach bei mir vorbei. Sagen Sie Ihrem werten Mann, Sie hätten ihn auf der Straße gefunden. Wenn Ihr Mann nach Amerika fahren will und es ihm an Geld für die Überfahrt mangelt: Besuchen Sie mich, ich wohne in der ersten Wohnung neben der Hintertreppe, und ich gebe Ihnen das nötige Geld.‹ Wenn sie mir nicht glauben wollten, griff ich unter mein Hemd und holte den Beutel hervor, der um meinen Hals hing und in dem ich den Goldschmuck aufbewahrte, den ich als Pfand bekommen hatte. Ich öffnete ihn, ließ es ein wenig klimpern, und was soll ich sagen: Sie kamen. Und gingen dann natürlich wieder. Aber welche von ihnen hätte sich denn die Blöße gegeben, einzugestehen, dass sie mich aufgesucht und nichts bekommen hatte? Man kannte mich weit und breit: Man sagte über mich, dass ich Broschen verschenken würde, Golduhren und Rubinringe, und dass ich zehn Häuser in Wien besäße.«

Hier ging Lanker bereits der Atem aus, er hustete. »Sehen Sie: Zum Schluss haben die vielen Frauen meine Lunge aufgezehrt.«

Nach dieser Rede war der rotglühende Verführer ganz verschwitzt. Nun trat er nah an Taubes Ohr heran.

»Jetzt erzähle ich Ihnen etwas wirklich Pikantes«, flüsterte er.

»Sie sind ein großer Schwindler«, sagte Taube, »ein richtiger Hochstapler.« Und wieder musste er lachen. Ja, auf einmal überkam ihn ein so großes Verlangen danach, zu lachen, wie er es nie zuvor gehabt hatte. Er hätte Lanker gerne kräftig gerüttelt, die Fenster zugeschlagen, die Stühle umgeworfen; er wusste selbst nicht, warum.

Mit errötetem Gesicht fragte er:

»Und ist das immer noch so?« Was Lanker darauf in traurigem Ton erwiderte, löste bei ihm solch ein Gelächter aus, dass er inzwischen um sein Herz fürchtete.

Lanker nahm seine Brille mit den unglaublich dicken Gläsern ab und putzte sie blinzelnd mit seinem dreckigen Taschentuch. Beim Herausziehen hatte er das Innenfutter seiner Tasche nach außen gestülpt, das ganz zerschlissen war, ebenso wie die Enden der Hosenbeine. Was für ein abstoßender Kerl er war, und dennoch …!

»Aber wissen Sie was, Sie berühmter Mann«, sagte Taube, um ihn zu ärgern. »Keine von ihnen hat Sie geliebt. So ist es«, er blickte Lanker höhnisch in die Augen, »alle haben Sie gehasst und ekeln sich heute noch, wenn sie an Sie zurückdenken müssen.«

Lanker zuckte nervös zusammen. Als würde man ihm mit der Hand die Lunge zusammendrücken. Taube hatte es ihm gegeben, ja. Er versuchte zu lächeln, verspürte jedoch vor lauter Aufregung einen Hustenreiz. Und wie er so hinter der vor den Mund gehaltenen Hand hustete und mehrmals »Mein Gott, mein Gott« rief, durchfuhr Taube eine furchtbare Wut. Gerade noch hatte er getratscht, gelogen, und jetzt war er hier am Ersticken! Was wollte der eigentlich hier, warum hustete der ihm das Büro mit Schwindsucht voll, er sollte endlich gehen!

Lanker setzte sich jedoch wieder aufrecht hin.

»Wie meinen Sie?«, fragte er und knüpfte auf diese Art einen neuen an den alten Gesprächsfaden. »Keine von ihnen soll mich geliebt haben? Da irren Sie, mein Herr.«

Der falsche Ton drang jedoch so deutlich durch das, was er sagte, wie in einem Orchester der Klang einer gerissen Seite eines Instruments, und er hatte Angst, dass ihn erneut einer dieser unangenehmen Hustenanfälle überkommen und Taube ihn fortjagen würde, ohne dass sie miteinander ins Geschäft gekommen wären. In einer Anwandlung von Aufrichtigkeit hätte er Taube gerne gestanden, dass all das lange her war, er jetzt kein Geld mehr zu verleihen hatte, nur wenig fehlte, dass auch diese paar Ringe von seinen Fingern rutschten, er hungern musste, um sie behalten zu können, damit er zumindest ab und an doch noch ein Dienstmädchen damit täuschen konnte. Es wäre so schön, ein paar Pengő an dir zu verdienen, Taube, dachte er, aber sein Mund hatte sich beim Vortrag der vielen Obszönitäten und Lügen schon so sehr verzogen, dass er nicht wusste, in welchem Ton er die Bitte über die Lippen bringen sollte. Er blinzelte nur nervös und wartete darauf, von Taube hinausgeworfen zu werden.

Es war, als hätte sich Taube bereits mit Lankers Gestalt vollgesogen und blicke nun in seine eigene bis zum Rand mit dieser gefüllten Seele; als husteten und schrien von deren Grunde, wie aus dem Jenseits, all die Worte des roten Vertreters.

»Keine liebte Sie«, sagte er kaum hörbar zu Lanker, der um Atem rang, und Taube wunderte sich über dieses Gefühl, wie von Wasser und Visionen erfüllt zu sein.

Es gab auch eine gewisse Ähnlichkeit zwischen ihnen beiden. Und doch war er ein viel außergewöhnlicherer Mensch als dieser und er war auch nicht schwindsüchtig. Beim Anblick dieses vertrockneten, mageren, kränklichen Vertreters tat ihm seine eigene Feistheit richtig gut. Außerdem stotterte er nicht so unbeholfen, sobald es um die feineren Gefühle und Angelegenheiten des Lebens ging. Oh, er war von ganz anderem Schlag. Er verglich oft die Körperfülle mit der Magerkeit, als sei der wahre Unterschied zwischen den Menschen im Körperlichen festzumachen.

»Nun, warum sind Sie eigentlich hier?«

Lankers Augen erinnerten an die eines Tieres, das zur Schlachtbank geführt wird. Hinter dieser Angst verbargen sich die vergangenen Gaunerjahre, seine jetzige Einsamkeit – und dann war da noch die Lungenkrankheit, dieser stille Henker.

Plötzlich setzte sich eine eiskalte, grüblerische Leere zwischen die beiden Männer und ließ ihr Haar klirrend in die Erde hinabhängen, wo sie in Grabespfützen gespült wurde.

Taube wurde ganz ernst.

»Ich brauche nichts«, sagte er kühl und verdrießlich. Jede Freude mündet in Bitternis.

Und auch in Lanker, dem Gierigen, schien der Vertreter erstorben zu sein. Er rang um Atem, und von der Unruhe kranker Menschen ergriffen, war ihm nur nach Fliehen zumute.

»Kein Graahmmophon, kein Radio, kein Heimkino«, murmelte er matt vor sich hin und Taubes Kopfschütteln erschien ihm wie das Läuten der Sturmglocken: Nein, nein.

Kaum war er über die Türschwelle getreten, stand Masa vor ihm:

»Na«, fragte sie, wobei ihre weißen Zähne glänzten, »bekommen wir ein Heimkino oder ein Radio?« Sie sah Lanker durchdringend an, dieser verzog das Gesicht traurig.

»Nein«, antwortete er, »aber ich lasse meine Visitenkarte hier. Für alle Fälle …«

Er drückte Masa seine Adresse in die Hand.

»Sie sind eine Hübsche«, sagte er und streichelte ihr mit dem Ringfinger übers Gesicht.

»Gefällt er Ihnen?«, fragte er und zeigte ihr den Ring von weitem. Dann besann er sich jedoch; Taube würde ihr sowieso seine Geschichte erzählen; er ließ die Hand sinken.

»Meine Adresse haben Sie ja. Einen schönen Tag wünsche ich Ihnen!«

Er war kaum ein paar Schritte gegangen, als Taube mit bleierner Miene erschien.

»Ist er schon weg?«, fragte er erschöpft.

»Ja.«

Das Zufallen der Eingangstür unterstrich diese Antwort. Masa wurde traurig. Gewisse Seiten mochte sie gern an Taube, der ihr so viel Geld gab und der, wenn auch plattfüßig, weiß Gott doch ein guter Kerl war. War dieser Mann krank?, fragte sie sich, oder wollte er sterben? Das konnte doch nicht sein. Dann kam ein Offizier herein: Als hätte man sie gekniffen, schreckte sie auf, Taube löste sich in ihren Augen in Luft auf, und sie eilte lachend dem Offizier entgegen.

Taube legte sich in seinem Büro hin. Er betrachtete die kleinen chinesischen Häuser auf dem Sofabezug und die zweiarmigen Teewaagen darin, die auf und ab zu wippen schienen. Vielleicht hatte man auch ihn nur des Geldes wegen geliebt? Das wäre ja noch schlimmer als bei Lanker: Geld war schließlich mehr als eine Lüge. Die vielen Male »Ich liebe Dich«, »Ich will Dich« von den Frauen waren nichts anderes als der Schrei des Alkohols nach neuen Kleidern, neuen Schuhen. Verzweifelt erinnerte er sich daran, dass ein junges Mädchen, die seine Geliebte gewesen und bei einer Abtreibung gestorben war, nicht ihn an ihr Krankenbett gelassen hatte, damit er ihr beistehe, sondern einen Jungen in ihrem Alter. Er seufzte: Was waren das für Angelegenheiten aus der Vergangenheit, weshalb tauchten sie gerade jetzt auf? Beinah jeder Mann hat in seinem Leben eine Frau umgebracht, der eine auf diese, der andere auf eine andere Weise. Und mit der Sünde geht es dem Menschen so, wie wenn er über die Wiese läuft, sich an deren Schönheit erfreut und dabei Hunderte von Ameisen, Würmern und Grillen umbringt, die ihm unter die Füße geraten. Wie so ein berauschter Mensch war auch er unterwegs gewesen. Er war über die Stadt gelaufen, war aufs Phönix getreten, seine Füße hatten die Leben vieler seiner Arbeiter zertrampelt, ihnen das Grillenzirpen ausgetrieben – gut war es nur dem ergangen, der rechtzeitig vor ihm zur Seite gesprungen war, wie der Grashüpfer auf der Wiese.

Es wäre schön, einfach Masa hereinzurufen und sie um eine ehrliche Antwort zu bitten: Ob sie ihn je wirklich geliebt habe?, und danach alle anderen. Aber diese Frauen würden doch alle ihre Augen ausweinen, auf Jesus schwören, auf die Hölle, auf ihr Seelenheil. Wer könnte ihnen schon Glauben schenken? Schließlich hatten sie ihn alle betrogen, betrügen ihn heute noch. Hatte es denn überhaupt eine gegeben, die ihm treu geblieben war, nachdem er sie von sich gestoßen hatte, eine, die ihm jahrelang nachgetrauert hätte? Wenn sie in eine andere Dampfwäscherei gingen, wurden sie sofort die Geliebte des neuen Chefs. Die siebenhundert Geliebten waren jetzt wie die Luft, die die Sonne und seine Freude verdunkelten.

Als die Qual bereits seine Gesichtszüge verzerrte, fiel ihm seine Frau ein. Ja, von dieser Frau ging ein Glanz aus. Denn sie hatte ihn als bettelarmen jungen Mann kennengelernt, als einen der auf seinem mageren Monatslohn durch die Tage ritt; im Vergleich zu ihm war sie eine reiche junge Frau gewesen, mit schönen, klaren, schwarzglühenden Augen. Er erschrak. Ja, seine Frau war die einzige, von der er mit Sicherheit wusste, dass sie ihn wirklich liebte. War das möglich? Die siebenhundert Affären rollten vor seinen Augen davon. Diese Frau duldete seit Jahren die Schar von Frauen um ihren Mann und steckte all ihre Sehnsucht in die Arbeit; sie wartete jeden Abend zu Hause auf ihn, sie kämpfte im Betrieb, schlug sich mit allen und allem herum, er hatte keine bessere Angestellte als sie. Sie war es, die den Himmel unter Tränen mit Gebeten um ein Kind angefleht hatte und in der dieser Wunsch wegen des kranken Taube fruchtlos verstorben war. Dabei wäre diese Frau so ein glücklicher Baum geworden, sie hätte ihre Äste, Blätter, Früchte geschaukelt, die Nahrung aus der Erde und dem Himmel gesogen, sie hätte seine Art aufgezogen, den Körpern zu Kraft verholfen, dafür gesorgt, dass das Leben einen starken Stamm entwickelte.

Was, wenn ich heute Abend nach Hause ginge?

Er sprang auf.

»Masa, ein Taxi!«

7

Nach dem Abendessen zündete sich Taube eine Zigarre an und betrachtete durch den blauen Rauch still und ruhig seine Frau, die ihn überglücklich anlächelte. Er blickte auf den gläsernen Kronleuchter über ihm, an dem die Gehänge wie Früchte funkelten. An der Wand entdeckte er das Gemälde, das sie im ersten Jahr ihrer Ehe gekauft hatten: In einem verschnörkelten Goldrahmen hielt ein junger Mann die Hand seiner Liebsten. Dann widmete Taube all seine Aufmerksamkeit wieder seiner Frau, die wie benommen war und deren Lippen vor innerer Freude erbebten. Was für eine Seele strömte ihm entgegen, wenn er diese beiden dunklen Augen wie zwei Tore öffnete?, dachte er; dann fiel ihm jedoch Lanker ein, und er ließ den Rauch seiner Zigarre weiter kräuselnd aufsteigen; der Gedanke, bald zu Bett zu gehen, war eine sanfte Erregung, er rechnete mit einem schönen Traum. Er war von einem ruhigen Licht umgeben, und in der vollkommenen Stille wurde alles von einem feierlichen Glanz überzogen.

»Gehen wir«, sagte er, ohne die Lippen zu bewegen, wie im Traum »gehen wir, ins schöne häusliche Bett.«

Im Schlafzimmer begutachtete er die dicken Federbetten und Kissen, als handelte es sich um eine köstliche Speise. Er deckte sich rasch zu und nahm den angenehmen Geruch der Bettwäsche wahr, als wäre es klares Wasser, in dem er badete. Einige Augenblicke lang sog er nur diesen weißen Geruch aus dem Bett und lag sorglos da. Dann beugte er sich zu seiner Frau hinüber und gab ihr einen Kuss auf den Mund. So müsste man doch leben, oder? Er wollte noch an etwas denken, doch dann rutschte er im weichen Nebel aus, landete sanft und sank in einen Schlaf.

Seiner Frau liefen die Tränen aus den Augen. Sie traute sich nicht, ihn zu fragen: Bist du für immer gekommen? Gehörst du mir? Sie nahm auch diesen Abend mit Duldsamkeit hin, wie so viele einsam verbrachte Abende zuvor. Taubes Ankunft, das Abendessen mit ihm, all das waren Nebelbilder, aber jetzt, da er neben ihr im Bett lag, freute sie sich wie früher.

In der Nacht ertönten im Speisesaal drei Uhrenschläge. Taube erwachte nervös. Die drei tiefen Schläge wirkten auf ihn, als wären drei grelle Lichter vor ihm zerbrochen. Er horchte. Er berührte die Lippen seiner schlafenden Frau. Der heiße Atem gab seiner Fingerspitze einen Dunstkuss. Als er sich jedoch in seinen Teil des Bettes zurückzog, flimmerten das furchterregende Aufblitzen und Erlöschen der drei Uhrenschläge weiter unruhig durch seine Seele. Im Büro ließ er sich oft von den Uhrzeigern unterhalten. Das Ticken flüsterte hartnäckig wie ein kleines Herz: Le-ben, Le-ben. Hier war es jedoch das Schlagen der Uhr hinter einer geschlossenen Tür gewesen, das ihn geängstigt, die Stille der nächtlichen Zimmer aufgewühlt und ein Echo des Entsetzens über die vielen seltsamen Nippsachen geschickt hatte. Taube fiel ein, dass diese Uhr von grob geschnitzten Figuren umgeben war, die düster vor sich hinblickten.

Er schlüpfte in seine Pantoffeln. Er würde sie sich ansehen. Er schaltete den Kronleuchter im Speisesaal an: Es schien als wäre die Sonne durch das dünne Stromkabel hereingerollt, doch die Nachtluft, die noch im Zimmer hing, blieb fröstelnd, bleiern. Das Halbdunkel legte einen Schleier über die Umrisse der Möbel. In der großen Stille klackerte das Ticken der Uhr wie Schuhabsätze über einen Glasboden; als ginge die Zeit hier im Raum umher. Die Uhr stand auf dem Ecktisch; das Pendel, das darin schwang, sah aus wie ein großer Goldtaler. Die tanzenden Beine des geschnitzten Paars an ihrer Seite hingen in der Luft, als wären sie vor ihrem Ball gestorben. Taube näherte sich ihnen geräuschlos. Seltsam erschien ihm dieser heiße Blick, mit dem er jeden kleinsten Schatten, jede Form bemerkte, wahrnahm und der ihn Leben hinter alldem vermuten ließ. Als wäre er, der Menschen überdrüssig geworden, nun ins Reich der Zwerge gelangt, in ein Zahnstocherdickicht, in ein Staubkorngebirge. Die eigenartigen Zeichnungen, die sich durch die Musterung der Wand ergaben, oder die an Menschen erinnernden Umrisse mancher Schatten nahm er auch sonst wahr, aber jetzt sprach ihn jede Nichtigkeit an.

Er schaltete die Tischlampe ein, wobei er sich sogar dem Geräusch des Schalters mit besonderer Aufmerksamkeit widmete. Er zog den Armsessel an den Tisch heran. Die braunen Figuren der Uhr bekamen einen goldenen Glanz; der Schein der Lampe verwandelte sich auf ihnen zu Tau, und die winzigen Gesichter grinsten Taube an.

Taube wandte sich ab und durchforstete seine Erinnerung, wann genau er diese Uhr gekauft hatte. Zu Weihnachten, fiel ihm ein, und bei dem Gedanken zuckte er zusammen. Damals hatte er den schwerfälligen Tanz der Figuren belächelt und die Uhr gekauft, um sich an ihrem Anblick zu erheitern. Wie schön es doch war, vor der Uhr in einen Sessel zu sinken und zu glauben, statt unseres Herzens schlüge der Augenblick und der reich verzierte Zeiger der Minuten würde von den kleinen Stößen unseres Atems weiterbewegt. Wie gut es wäre, die Uhr ins stille Grab mitzunehmen; im Totenhemd darauf zu warten, dass sie uns die Ankunft des Morgen- und des Abendsterns meldete.

Taube stützte sich auf seinen Unterarmen ab. Wie es wohl sein werde, wenn er dann einmal weißumhüllt im Sarg liegen und über ihm nur die Uhr atmen würde? Diese Gedanken ließen ihn frösteln, und er zündete sich eine Zigarre an. Der blaue Rauch stieg vor ihm auf wie der Dampf der Wintererde. Wohin war er bloß in dieser Nacht geraten; es war, als hätte er keinen Körper und als wäre seine Seele so durchsichtig, dass die stumpfen Augen der Gegenstände durch ihn hindurchblickten.

Er beugte sich über die Uhr und blickte in ihr Inneres. Die Messingzahnräder glänzten im Licht der Lampe; die Unruhfeder tanzte und sang ausgelassen; das Ganze tickte wie der Mensch im Inneren, und ein Glied schubste ratternd das andere an. Ihm war, als entwichen die kleinen Geräusche dem geschlossenen Mund des Tänzers auf der rechten Seite; und als aus der Tiefe der Uhr ein Klacken zu hören war, erwartete Taube gebannt, dass alle Figuren zu tanzen beginnen würden. Sie lauschten jedoch nur der Musik des Augenblicks, verharrten in der Starre ihres Schicksals. Im Inneren verhakten die Messingräder atemlos ihre winzigen Finger ineinander und zogen sich unablässig gegenseitig zum Tanz.

»Tanzt weiter!«, wollte Taube ihnen zuflüstern, doch ihn überkam Verzweiflung. Die Zeit tickt, die Figuren stehen, aber der einfache Mensch verstirbt mit einem Seufzer. Am besten wäre es, ins Bett zurückzugehen, diesen seltsamen, ausgetauschten Taube hier in der Luft hängen zu lassen und sich mit dem richtigen Taube schlafen zu legen. Er warf einen Blick in einen Handspiegel. Er erkannte sich nicht wieder: Sein Gesicht erschien ihm wie von einer blassen Maske verdeckt. Wo in aller Welt war er jetzt, dass er sich so merkwürdig vorkam? War er von seiner Seele davongetragen worden? Gab es die Seele also?

Er hauchte in die Luft. Er fing die aus seinem Mund strömende Wärme mit beiden Händen auf und schloss sie zusammen. Das sollte es also sein, was fortfliegt, wenn wir sterben. Er öffnete die Hände. Sie waren leer.

Plötzlich und überraschend schlug die Uhr zur halben Stunde.

Dreißig Minuten, dachte er. Nur so wenig Zeit war vergangen, und so viel war vor seinem inneren Auge an ihm vorbeigerast. Weshalb habe ich fünfzig Jahre gelebt, wenn ich all meine Freuden, Geheimnisse und all meinen Gram in einer halben Stunde überdenken konnte?

Er zuckte zusammen. Vor ihm stand seine Frau, in einem langen, weißen Nachthemd, barfuß. Sie dampfte noch nahezu von der Bettwärme. Taube betrachtete sie, die ihn mit flehenden Augen ansah und ihm die Hand entgegenstreckte, als wolle sie ihn von dort zurückziehen, wo er zum ersten Mal gewesen war.

Er setzte sich im Dunkeln auf den Bettrand und ließ die Arme hängen. Dann schlief er ein. Wie, daran konnte er sich später nicht mehr erinnern.

8

Angelov, erschöpft von der Benzinreinigung, mit der er seit dem Morgen beschäftigt gewesen war, ging gegen elf Uhr zum Kesselhaus, um sein Mittagessen auf einem der Kessel zu erwärmen. Novák stellte sich ihm jedoch mit einem rätselhaften Lächeln in den Weg und bedeutete ihm, ihm in den Wasserfilterraum zu folgen.

Hier hatte sich alles verändert, war sauberer und ordentlicher geworden. Die Flecken an der Wand waren mehr oder weniger übertüncht worden; die Lieferscheine, die zuvor stets verstreut herumgelegen hatten, hingen allesamt auf einen Kupferdraht aufgefädelt; über der milchigen Glühbirne war ein Lampenschirm angebracht; die Kleidung hing nicht an Nägeln, sondern an neuen Nickelhaken. Der »treue und ordentliche« Angestellte war hier eingezogen, der die Kakerlaken erfolgreich bekämpft und dadurch den Spiegelglanz der Frackhemden des Phönix vor der Gefahr des Ungezieferdrecks bewahrt hatte.

»Setz dich bitte«, sagte Novák in einem verhaltenen, allzu höflichen Ton, »ich denke, wir sollten wieder einmal parlieren« (er errötete über seine eigene vornehme Ausdrucksweise), »wir kommen ja sonst nicht dazu; du hast immer viel eher Feierabend als ich, und tagsüber haben wir leider beide gleichviel Arbeit. Aber jetzt … geht es«, seine Hände taumelten mit einer sanften Bewegung auseinander, »nimm Platz.«

Er lehnte sich in seinem Stuhl zurück und überkreuzte die Beine; seine Füße steckten in Arbeitsstiefeln.

Angelov blickte sich nervös um. Was wollte dieser gestiefelte Gockel von ihm, der ihn seit Wochen keines Wortes gewürdigt hatte? Weshalb hatte er ihn zu sich gebeten? Eigentlich müsste er sich doch noch daran erinnern können, wie oft sie sich ehemals über Freiheit unterhalten hatten. Er und der frühere Novák. Nicht dieser, der am liebsten sogar sein Gesicht in eine Seidenstrumpfhose gehüllt hätte, der die Angestellten drei Stunden länger arbeiten ließ und die hübschesten Frauen abends ebenso mit nach Hause schleppte wie zuvor der alte Waschmeister. Novák öffnete die Augen weit, womit er zum Ausdruck bringen wollte, dass er nun ein großer Herr war, der sich weich und freundlich erhaben dorthin begeben konnte, wohin immer er wollte.

»Sag mal, Angelov, bist du wütend auf mich?«, fragte er und blickte ihm in die Augen. »Und denkst du etwa, dieser Groll sei begründet?«

Voller Unbehagen zog sich Angelov zurück: Weshalb verteidigte sich Novák, was hatte er getan oder was beabsichtigte er zu tun?

»Stimmt's, du glaubst, ich sei ein Feind der Arbeiter geworden, weil ich einige gefeuert und an ihre Stelle andere eingestellt habe?«

Er blieb stehen, in gemessener Haltung und mit nachdenklicher Miene.

»Was weißt du schon, worüber Taube und ich alles geredet haben? Was dieses fette Schwein mir alles versprochen, aber niemals gegeben hat«, sagte er.

Er tat so, als würde er nachdenken. Als würde er überlegen, ob er seinen Kummer teilen sollte. Wie eine Alarmglocke erklang in ihm die tückische Warnung:

»Pst, du sprichst mit deinem Diener, mit dem Reinigungsgehilfen.«

»Aber weißt du, alle sind sie so«, sagte er schließlich und lachte leise, »sie machen ihre Versprechen mit Worten und ihrer Seele, aber nie mit den Händen, denn darin halten sie ihr Geld!« Sein Lachen wurde lauter. Ach, lästern wir ein bisschen, dachte er, lästern wir, über alles erhaben, wie die Leute im Kasino.

»Sag mal, warum begrüßt du Frau Simon eigentlich so ehrerbietig mit ›Küss die Hand‹? Weißt du, wer sie ist? Kennst du ihre Vergangenheit?«

»Wieso sollte ich sie nicht begrüßen? Sie ist unsere Geschäftsführerin.«

»Nein, mein Freund«, sagte Novák und grinste. »Sie ist auch nur eine …, die Taube schon hunderte Male hatte. Jetzt hör mir mal zu, als würdest du Taube sprechen hören, er hat es mir erzählt: ›Mein Sohn, Frau Simon habe ich schon so oft heruntergemacht, aber sie geht nicht, sie ist nicht abzuschütteln.‹«

Angelov starrte Novák angewidert an. Blas ruhig weiter die Klatschblase auf, die dehnt sich, dachte er.

Novák wurde noch von Taubes Versprechen umgetrieben. Verbittert sagte er:

»Wie der Herr Chef mich reingelegt hat! Weißt du, er hat mir versprochen, mit mir zu zechen, mir Frauen bringen zu lassen, mich in die Liebe einzuführen, mir Geld zu geben. Wie viele Wochen seitdem vergangen sind! Und wie du siehst: Er ist noch nicht einmal in den Betrieb gekommen. Ich habe nachfragen lassen, was er macht: Man hat mir gesagt, er schlafe den ganzen Tag lang in seinem Büro.«

Die Blässe der Niedergeschlagenheit überzog sein Gesicht. Er schüttelte sich.

»Zugegeben, was ich brauche, kann ich mir schon leisten. Ja, mein Gehalt ist nicht gerade kümmerlich.«

»Ja«, stimmte ihm Angelov murmelnd zu. »Du Novák, du hast ein gutes Schicksal«, fuhr er lauter fort, »als wir uns bei der Arbeitsvermittlung trafen, hattest du genauso löchrige Schuhe wie ich. Dabei war es Winter. Na, und jetzt? Du hast mindestens zehn Geliebte, zu jeder ein anderes Paar Lackschuhe, bist der Herr Betriebsleiter. Wie kannst du es also wagen, mir etwas vorzujammern?«

Gereizt schmetterte Angelov Novák diese Sätze entgegen.

Dieser verstand den Tadel als Lob. Er nickte bei den zehn Geliebten, bei den Lackschuhen, zog leicht die Augenbrauen zusammen, empfand das Gesagte, als würde man ihn freundlich tätscheln. Währenddessen war seine Hand wie eine verspielte Katze immer wieder zu seiner Schreibtischschublade zurückgekehrt. Er zog sie heraus und schob sie verstohlen wieder zu. Er versteckte offensichtlich etwas darin.

Ganz plötzlich schwappte seine Freude darüber, wer er war und wie er zu dem geworden war, über und er zog die Schublade triumphierend heraus:

»Sieh her, Angelov.«

Er nahm eine zehnarmige Zigarettenspitze heraus, aus deren Silberenden sich Angelov zehn weiße Zigaretten entgegenstreckten.

Novák beugte sich ganz nah zu dem völlig überraschten Angelov und kreuzte langsam die Arme. In ihm kicherte leise die Begeisterung, seine Augen glänzten schwarz über der Zigarettenspitze, die zwischen seinen Lippen bebte.

Er nahm mehrere Streichhölzer auf einmal, mit einem Zischen loderten alle Phosphorschädel gleichzeitig auf:

Die gelbe Flamme wanderte leichtfüßig von einer Zigarette zur anderen.

»Sag, mein Freund … Sei ehrlich: Ist das gut? Sieht das wirklich gut aus? Soll ich so in die Werkstatt gehen? Deshalb habe ich dich herkommen lassen.«

Angelov lächelte, die Sache amüsierte ihn. »Er ist schon ein seltsamer Irrer, dieser Novák!« Und es verschlug ihm die Sprache, als Novák über seine blaue Arbeitskleidung einen Militärgürtel anlegte, eine kleine schwarze Mütze aufsetzte und kräftig an der Zehnarmigen zog. Es war eine Verkleidung, aber eine die vor Leben strotzte, an die Novák glaubte, er glaubte, den Büglerinnen und Kragenwäscherinnen des Phönix damit den Kopf verdrehen zu können.

»Das ist interessant, wirklich interessant«, sagte Angelov kopfschüttelnd.

Novák winkte ab und warf die Mütze auf den Tisch.

»Ich wollte aber nicht nur deshalb, dass du herkommst. Du wohnst doch in einem Haus mit einer Kneipe im Erdgeschoss, wo die Betrunkenen Tag und Nacht lärmen, nicht? Du hast doch auch schon gekündigt? Deshalb hast du doch die große Tasche dabei, da sind deine Sachen drin, stimmt's?«

»Ja«, antwortete Angelov gekränkt, »es ist meine Kleidung darin und …«

»Hör zu. Es geht um etwas anderes. Ich könnte dir eine ziemlich gute Wohnung empfehlen. Und eine Frau gibt es gleich dazu«, sagte er mit einem Lächeln. »Das Weib ist nicht zu verachten. Und es ist günstig! Der einzige Nachteil der Wohnung ist, dass sie im vierten Stock liegt. Weißt du, ich bin jetzt in den zweiten Stock gezogen, in ein ganz vornehmes Haus. Die Wohnung, die ich dir empfehle, ist meine alte. Sie war wirklich gut. Ich spreche aus Erfahrung. Doch der Mensch geht natürlich weiter, er schaut nach vorn. Hättest du vielleicht Lust darauf? Soll ich dir die Adresse aufschreiben?«

Angelov nickte. Ja, er hatte Lust, er hatte gerade an diesem Abend losziehen wollen, um sich eine Wohnung zu suchen.

Novák sah ihn fröhlich an.

»Na, das ist ja wunderbar. Denn meine Hauswirtin hat mich gebeten, ihr einen Gentleman als Nachmieter zu schicken. Und da habe ich an dich gedacht, alter Freund.«

Er warf einen Blick auf seine Armbanduhr.

»Gleich geht's weiter. Am Nachmittag ist bei dir doch Färben dran? Du, ich muss sagen, du schaffst das alles unheimlich gut. Hast du schon gegessen? Nein? Dann geh, natürlich gestatte ich dir eine längere Mittagspause.«

Er nahm wieder die Zigarettenspitze in die Hand.

Angelov nickte. Nun ja … Deshalb hat er mich also kommen lassen. Beim Anblick dieser Gestalt wurde ihm ganz trocken ums Herz.

»Danke für die Adresse«, sagte er.

»Gern geschehen, servus.«

»Servus.«

Beide standen stramm wie Offiziere: Die Fersen aneinandergeschlagen, verabschiedeten sie sich auf distinguierte Art. Beim Hinausgehen zog es Angelov die Seele bitter zusammen, er schloss die Tür rasch hinter sich. Als befürchtete er, dass die Worte der Unterhaltung ihm hinterherfliegen und ihn weiter quälen würden. Was für ein Affe dieser Novák in so kurzer Zeit doch geworden war!

9

Als Angelov mit der schweren Tasche das Gebäude verließ, berührte ihn die kalte Abendluft, das belebte ihn. Drinnen war er ein dampfender, ganz von seiner Arbeit in Anspruch genommener Arbeiter gewesen. Hier draußen öffneten sich seine seefarbenen Augen, und die vielen silberbärtigen Gestalten in ihren über den Boden schleifenden Kaftanen leuchteten ihm entgegen. Die Altkleiderhändler, die aus den Seitenstraßen kamen und hier auf und ab liefen, ihr plötzliches Lärmen, während sie den Käufern hinterherrannten und sie so lange am Mantel zerrten, bis sie von einem anderen Händler weggeschnappt wurden. Das war ein aufregenderes, freieres Leben! Und er konnte gehen, wohin und so weit er wollte. Er war nicht an dem gelben Waschtisch festgenagelt und nicht in den engen Räumen des Phönix gefangen. Durch die Fenster der Werkstätten bekam man von den betörenden Farben der Tage gar nichts richtig mit: Sie wurden von den Häuserwänden abgefangen. Hier draußen zeigte der Himmel sein Hemd, und noch weiter draußen sah man ihn bereits völlig entblößt. Die Burg, die manchmal in goldenem Licht lag, hockte zwischen trüben Wolken. Rechts und links von ihr erstreckten sich Hügel und Wälder, auf denen wie brennende Pilze kleine Hütten glommen.

Als er jetzt die Straßen entlangging, die sich durch die Stadt wanden, und der Herbstwind ihm um die Schultern peitschte, dachte er mit bitterem Geschmack an seine Mutter, die zwei Jahre nach dem Tod seines Vaters wieder geheiratet hatte und seitdem von ihm nichts mehr wissen wollte. Sie unterstützte ihn weder mit Geld noch mit Lebensmitteln. So hatte es Angelov auf der Suche nach einer Anstellung durch Zufall in eine kleine Färberei verschlagen, wo er als Gehilfe arbeitete und wo er Novák kennenlernte, mit dem er zur gleichen Zeit die Ausbildung beendete. Meistens war er nur Schlafgänger, mehr konnte er sich von seinem Gehalt nicht leisten. Und als er sich endlich ein eigenes Zimmer hatte nehmen können, hatte er sich falsch entschieden. Im Haus gab es eine Kneipe, in der die Arbeiter einer Ziegelfabrik die ganze Nacht durchzechten und herumbrüllten. Seine Vermieter waren Slowaken, arme Leute mit vielen kleinen Kindern, die fortwährend weinten.

Deshalb lief er voller Hoffnung zu der Wohnung, von der ihm Novák erzählt hatte. Es war, als würde er sich mit jedem Schritt weiter von seiner einsamen, traurigen Vergangenheit entfernen. Bisher war ihm nie etwas Gutes widerfahren, daher kam es ihm wie ein Traum vor, diese Wohnung zu bekommen, nach der er sich so sehnte und zu der er nun eilte, wobei er die schwere Tasche mal in die eine mal in die andere Hand nahm. Ach, endlich würde er in einem sauberen, ruhigen Zimmer schlafen können. Und eine Frau gab es dort auch. Es ist schrecklich, auf diese Art zu einer Geliebten zu kommen. Aber er würde diese Frau lieben, er würde dafür sorgen, dass sich ihre Seelen an den langen Abenden, an denen sie sich von den Stationen ihres traurigen Lebens berichteten, aneinanderschmiegten.

An einer Bäckerei blieb er vor dem Schaufenster stehen. Vor dem Ladentisch stand in kurzen Hosen der Bäckerbursche mit mehlbestäubtem Gesicht und dem Brotkorb auf dem Rücken. Dieser Anblick machte Angelov hungrig, er betrat den Laden. Brötchen- und Brotgeruch empfing ihn – und eine sehr hübsche, junge blonde Verkäuferin.

Hier verteilt ja ein Engel die halben, ganzen und viertel Brotlaibe, dachte er und ließ nicht die Augen von ihr.

Fröhlich verlangte er eine schöne Roggensemmel und ließ die Münzen beim Abzählen klimpern.

Wieder auf der Straße biss er sofort in die knusprige Kruste. Nichts mochte er mehr als Brot. Außerdem ging er gerade am Fluss entlang; unter den Pfeilern einer entfernten Brücke ertönte Musik; über die Wellen pfiff, einer jungen Amsel gleich, ein leichter Wind.

Endlich kam er zu dem vierstöckigen Haus, in dem bisher Novák gewohnt hatte.

Vor guter Laune schwebte er beinah die dunklen Treppen hinauf. Was, wenn ihn eine Porzellantür erwartete, so dünn, dass das Licht der rosa Lampen hinter ihr durch sie hindurchschiene? Und er sie leise öffnete und die blonde Frau dort sitzen sähe, die ein glückliches Kind wiegte?

Mit roten Wangen kam er im vierten Stock an. Hier war es also? Sollte das die Porzellantür sein? Beim Anblick der braun gestrichenen Tür musste er schmunzeln. Er klopfte an und wartete auf eine Antwort. War es möglich, dass niemand zu Hause war? Er rüttelte ein bisschen an der Klinke.

Endlich wurde die Tür mit einem Ruck geöffnet, und vor ihm stand eine unbeholfene Gestalt, wie dahin gespült. Es war dunkel. Angelov blieb an der Schwelle stehen und sagte laut:

»Guten Abend.«

Eine zähe, quäkende Männerstimme antwortete:

»Meine Keeerze ist aaaus.«

Man hörte, wie er versuchte, ein Streichholz anzuzünden. Er brummte vor sich hin. Wahrscheinlich hatte er es mit dem falschen Ende probiert. Endlich brannte eine kleine Flamme und dann entzündete sich, etwas stärker, die Kerze. Im Schein des rötlichen Lichts grinste der Kopf eines Bauern, um dessen Hals ein dicker Schal gewunden war. Die Häme hatte sich wie ein Ölfilm über sein ganzes Gesicht gelegt, es war, als mache sich jeder seiner Züge einzeln über Angelov lustig. Den Mund verzog er verächtlich; mit der Stupsnase schnüffelte er nach Angelov und dann bewegte er auch noch die Ohren.

»Die Tüüür«, sagte er und reckte den Hals in die Richtung, »es zieht.« Dann wackelte er wieder mit den Ohren.

Angelov schloss die Tür hinter sich, ließ die Hand jedoch auf der Klinke liegen. Bestimmt hatte er sich in der Wohnung geirrt.

»Entschuldigen Sie«, rief er gereizt, »ich möchte ein Zimmer mieten, von Frau Pipe.«

Der Mann bückte sich. Angelov verfolgte seine Bewegungen und sah, wie dieser mit seinen schlaffen Armen zwei riesige Reisekörbe hinter sich herzog. Dann griff er rasch zum Tisch, nahm eine Schirmmütze und setzte sie sich auf.

»Zu spät«, antwortete er und zog schnaufend die Augenbrauen hoch.

Er tippte sich mit dem Zeigefinger gegen die Brust.

»Ich, ich habe es gemietet!«

Angelov verstand sofort und wurde ganz rot.

»Ja, ja, der junge Herr ist zu spät gekommen, das Zimmer gehört schon mir!«

Unwillkürlich von Neugier ergriffen, riss Angelov die Tür zu dem Zimmer auf. Vielleicht war die Frau ja drinnen, dann könnte er sie bitten, dieses Scheusal hinauszuwerfen.

Der Mann trat hinter ihn, als wollte er sich aus nächster Nähe an der Enttäuschung des jungen Herrn ergötzen.

»Da ist niemand«, sagte er, schüttelte den trägen Kopf, betrat stolz den Raum und hielt die Kerze hoch. Die Wände waren blau gestrichen und wirkten beruhigend auf die Augen. Es standen zwei bezogene Betten nebeneinander. Das Zimmer war makellos sauber, an der Wand hing ein Madonnenbild. Angelov wollte auf diesen Mann eindringen, mehr für die Wohnung bieten und ihm die Differenz zahlen, nur sollte er fort von hier und die Wohnung ihm überlassen. Dann zog er sich aber doch zurück, rückwärts wie ein Krebs, fühlte sich wie ein unbeholfenes Tier, das ein fremder Wille stets zurückdrängte und an seinen Platz stinkende Ungeheuer setzte.

Ohne sich zu verabschieden, rannte er zur Treppe.

Diese sank er hinunter wie Blei im Wasser. Unten auf der Straße angekommen, brachen die stumpfen, verschwiegenen Schmerzen mehrerer Jahre aus ihm hervor.

Dieser Bauer, der das Zimmer vielleicht einen Tag zuvor gemietet hatte, zog die Frau hinab, die Angelovs Sehnsucht und Liebe emporgehoben hätten. Hätten, hätten. Der teuflische Wille war stets einige Sekunden früher dran als das Gute.

Er schleppte seine Tasche durch die Straßen. Ihm schmerzten bereits beide Arme. Nach dem heißen Tag legte sich nun der Abendnebel über die Stadt, dieser an Wahnsinn erinnernde Weltatem. Er fror. Auch wenn der Tag heiß gewesen war, konnte man nicht im Wald schlafen, dort würde er sich erkälten. Die Bänke im Stadtwäldchen waren feucht, und die Polizisten würden ihn ohnehin nicht schlafen lassen. Er fühlte sich elend. So war es ihm also gelungen, der alten Gegend zu entkommen, wo er seine einsame Jugend verbracht hatte, dem vom Kneipengeruch durchzogenen Haus; nun irrte er ziellos auf der Straße umher. Von Bitterkeit erfüllt starrte er vor sich und zuckte zusammen, wenn eine schwarze Gestalt vor ihm auftauchte, um gleich wieder im Abendnebel zu verschwinden. Die Straßenlaternen leuchteten giftgrün wie in Wasser gefallene Kupferknöpfe. Wagen rumpelten an ihm vorbei. Als befände er sich plötzlich in einem wahnhaften weißen Traum, in dem die Seele gefror. Und wie er es auch drehte, er konnte für alles nur das Leben verantwortlich machen, das in Geburt und Tod gleichermaßen zufällige Leben. Er kam zu einer schlammigen Straße. Ging durch die tiefen, feuchten Wagenspuren. Wasser lief ihm in die Schuhe, seine Hose wurde mit Schlammspritzern besprenkelt. Es war ihm egal. Das Laufen durch den Dreck, das schwere Haften des Schlammes an den Sohlen taten ihm gut. Er blieb absichtlich darin stecken, als wären seine Beine zu müde, um ihn weiter ins Leben zu tragen. So stand er lange da, enttäuscht, gegen Tränen ankämpfend.

Als er sich endlich, ganz aufgelöst, aus dem Schlamm hinausbewegte, empfand er eine aberwitzige Lust, seine Qualen zu steigern. Er tobte, beschuldigte sich selbst und rief schließlich aus: »Sterben! Sterben!« Ganz kläglich klang sein Rufen in der stillen Straße. Wie ein in Feuer geratenes Tier, sah er sich um: Wo könnte er hier den Tod finden?

Ihm zitterten die Knie, wie er so dastand, dann lehnte er sich an einen Mast.

»Lebensgefahr! Hochspannung!«, stand in schwarzen Buchstaben auf dem Mast geschrieben.

Angelov betrachtete den kleinen Totenschädel und die

überkreuzten Beinknochen auf dem Emailleschild. Der weiße Nebel fuhr ihm durchs Haar.

Seine Tasche platzte mit einem leisen Klicken auf, und er konnte sie nicht mehr schließen. Er nahm sie unter den einen Arm und wischte sich mit dem anderen den Schweiß von der Stirn. Benommen ging er weiter. Warum zitterte ihm beim Gedanken an den grinsenden Bauern noch immer die Faust? Vielleicht würde die Frau diese Nacht aus dem Schlaf aufschrecken und spüren, dass jemand durch die Straßen zog und um sie weinte. Vielleicht spürte sie ja, dass sie geliebt wurde.

Angelov kam langsam zu sich, der Gedanke beruhigte ihn und brachte ihn wieder in seine ursprüngliche Form. Sein Kopf neigte sich zur Seite, wie von der Hand der Traurigkeit zur Schulter geschoben.

Schlafen, dachte er, oder vielleicht trinken?

Wer würde ihm eine Unterkunft geben, wenn er vom Kampf mit sich selbst zerlumpt, mit aufgerissener Tasche irgendwo anklopfte?

Egal, er musste schlafen. Also hielt er nach Aushängen in den dunklen Toreinfahrten Ausschau.

»Zimmer für anständigen jungen Mann …« Er betrat sofort das Haus. Im Dunkeln betastete er die Nummern über den Türen. Nummer neun: Hier war es. Es brannte noch Licht. Also los! Müde klopfte er an. Er hielt sein Geld griffbereit. Wenn man ihm argwöhnisch begegnete, würde er es sofort auf den Tisch legen und sich eine Ausrede überlegen, weshalb er so dreckig war.

Der weiße Vorhang wurde zur Seite gezogen, hinter ihm blickte eine alte Frau hervor.

Sie schien zu zögern, ob sie den Besucher eintreten lassen sollte.

Schließlich ließ sie ihn herein. Er musste sie anbrüllen, denn sie war taub. Sie verstand Angelov nur schwer und betrachtete seine dreckige, verschmierte Gestalt ängstlich, konnte den Blick nicht von den zerrissenen Schuhen abwenden, aus denen der Schlamm herausquoll.

Erst als er ihr das Geld in die Hand drückte und brüllte, dass er von einem Auto angefahren worden sei und dringend Schlaf brauche, ließ die Angst der alten Frau nach.

Sie öffnete Angelov die Zimmertür, und er sank todmüde ins Bett.

Nachdem er ins Zimmer gegangen war, warf sie eine Schippe Kohle aufs nächtliche Feuer. Dann legte sie sich stöhnend auf die Matratzen am Boden. Einige Male hob sie angestrengt den Kopf und lauschte, ob aus dem Zimmer etwas zu hören sei. Natürlich hörte sie nichts. Sie seufzte verzagt, schlug hoffnungsvoll ein Kreuz und sagte leise, mit klagender Stimme ein Vaterunser auf. »Erlöse uns von dem Bösen!«, rief sie laut, damit es auch der neue Mieter hörte.

Sie schlief ein, ganz in der Nähe der Zimmertür, wie ein tauber Hund, über den Mörder, Dieb und Tod hinübersteigen konnten, ohne dass er es hören und mit wachem Bellen sein Herrchen warnen würde: Wach auf, das Böse naht!

10

Die Sonne hatte die Herbstwolken abgeschüttelt und betrachtete die Erde mit ihrem heißen Blick.

Der sonst so schwerfällige Taube lief aufgeregt in seinem Büro auf und ab. Er wachte eigentlich nie so früh auf. Heute hatte ihn aber eine seltsame Unruhe aus dem Bett getrieben. Bereits um fünf Uhr war er wach gewesen. Wie wäre es, wenn er jetzt in den Betrieb ginge?, dachte er. Der Heizer kam um diese Uhrzeit. Wie begann der seine Arbeit? Er überlegte. Er erinnerte sich gar nicht mehr daran, so lange war es her, dass er es das letzte Mal gesehen hatte. Was für ein nachlässiger Chef er geworden war, was für ein fauler, müder Mann.

Sein Selbstbewusstsein geriet bei diesen Überlegungen gehörig ins Schwanken. Ihm wurde bewusst, dass ihn kein freundlicher Blick umsonst traf, ihm niemand ohne Eigeninteresse grüßte. Und die Komplimente … ach.

An diesem Vormittag würde der Vorsitzende der Vereinigten Innung der Färber und Dampfwäscher gewählt werden. Taube hatte bereits vor langem mit seiner Kampagne begonnen. Zunächst lediglich zum Spaß, um sich die Langeweile zu vertreiben. Was bedeutete ihm das schon, so ein Vorsitz! Wenn er es wollte, würde er selbstverständlich der Vorsitzende werden. Nun hatte er aber einsehen müssen, dass es gar nicht so einfach war, da die »Roten« und die »Proleten« sehr wohl Prinzipien besaßen.

Inzwischen ging er die Sache mit unterdrückter Wut und übertriebenem Ernst an. Er würde es ihnen schon zeigen! Er setzte einen schmächtigen kleinen Meister namens Weisz für die Kampagne ein und mästete ihn gehörig mit Geld. Sollte man ruhig den Geruch des Geldes von weitem an ihm wahrnehmen! Sie wollten ihn nicht als Vorsitzenden? Das würden sie sich schon noch überlegen, denn für Farbe und andere Chemikalien musste man mit Wechseln bezahlen und dafür brauchte man einen guten Bürgen. Und Taube bot sich jedem an, ohne Ausnahme.

Schließlich blieben Taube und ein Meister namens Markovics als Kandidaten für den Vorsitz übrig. Der kleine Weisz erzählte Taube lachend, was für ärmliche Zechereien die antisemitischen Meister samstags hielten. Sie könnten sich kaum einen Wein leisten. Dann setze er sich zu ihnen, bestelle, bezahle. Und die Männer mit den durstigen Kehlen vergäßen bald, dass Taube Jude sei, manchmal, wenn sie schon betrunken waren, würden sie ihn sogar hochleben lassen.

Na, dachte Taube, ihr werdet mich schon noch wählen. Ihr, ihr Hochmütigen, die mich nach der Gründung des Phönix nicht einmal als Mitglied aufnehmen wolltet. Einen Pfuscher und Juden habt ihr mich geschimpft.

Diese spöttische Überlegenheit war Taube jedoch bereits vor Tagen vergangen. Er hatte die wichtigtuerische Geschäftigkeit in der Innung gesehen und manche Bemerkung der Agitatoren der gegnerischen Partei gehört. Das hatte ihm das Blut in den Adern zum Kochen gebracht, und sein künftiger Vorsitz erlangte für ihn selbst eine immer größere Bedeutung.

Weisz sollte gemeinsam mit den Meistern um elf Uhr kommen, um Taube abzuholen, wenn er zum Vorsitzenden gewählt worden war. Jetzt war es halb elf. Und Taube schritt immer noch vor seinem Schreibtisch auf und ab. Ihn quälte der Gedanke, dass man vielleicht gegen ihn stimmen würde, und er verspürte eine unermessliche Opferbereitschaft für den Fall, dass man ihn wählte. In diesem Augenblick sah er eine große Berufung darin: Vorsitzender sein, an der Spitze der Innung stehen, unermüdlich für andere, für ein Gewerbe kämpfen.

Um Punkt elf saß er bereits vor seinem Telefon. Die Fenster waren geöffnet, das Licht trieb ihm Schweißperlen auf die Stirn.

Dann sprang er wieder auf.

Wenn ich doch nur schon das Ergebnis wüsste, dachte er aufgeregt, warum kann ich es denn nicht in Ruhe erwarten? Warum mache ich mich so verrückt wegen dieser Wahl? Bedeutet sie mir denn etwas? Trägt sie etwa dazu bei, dass mein Portemonnaie dicker wird? Selbst wenn sie mich wählen, tun sie es doch nur wegen meines Geldes, das Weisz für sie in Gulasch, Wein und Likör verwandelt hat.

Er sah die gesamte Innung vor sich. Sie kamen ihm vor wie Dauerbetrunkene, die von dem vielen Benzin, Anilin und anderen erstickenden Chemikaliendämpfen zu halbverrückten Schlafwandlern geworden waren, die sich monatelang Ausschweifungen hingaben.

Jemand klopfte an die Tür. Taubes Herz machte einen Satz. Es war Weisz, mit einem beschwipsten Glanz in den Augen. Sein Atem roch stark nach Wein. Die beiden Schritte bis zu Taube tat er, als müsste er mit ihnen den Himalaya überqueren. Taube hielt nach den Meistern Ausschau, die ihm die Nachricht überbringen sollten, aber er sah niemanden.

Er starrte Weisz an, der nur blinzelte. Aber dann in einem überraschend forschen Ton, als hätten ihn andere dazu ermutigt, ansetzte:

»Also, Herr Taube«, er wischte sich die Stirn ab, als würde er auf diese Weise seine Gedanken glätten, »nix!« Er zuckte mit den Schultern, und Taubes Mundwinkel verzogen sich ganz schief vor Aufregung.

»Sie haben tüchtig gegessen und getrunken«, sagte Weisz und illustrierte mit Bewegungen das Gesagte, und dann, als hätte man ihm die spitzen Töne in der Kehle durchgeschnitten, verfiel er plötzlich in einen flehenden Flüsterton:

»Verzeihen Sie, lieber, guter Herr Taube, verzeihen Sie mir« – er wollte Taube unbedingt die Hand küssen –, »aber man hat Markovics zum Vorsitzenden gewählt. Ihn, diesen Ochsen!«

Inzwischen war seine Stimme ein einziges Seufzen, und als könnte es abfallen, griff er plötzlich an sein Doppelkinn, das er sich bei den für Taube veranstalteten Gelagen angefuttert hatte. Auf einmal wurde ihm klar, dass er betrunken hierhergekommen war, als hätte er einen Triumph zu verkünden gehabt. Aber was konnte er denn dafür, dass ihn die teuflischen Meister in die Kneipe geschleppt, in einer Viertelstunde drei Liter Wein in ihn gekippt und ihn in diesem Zustand zu Taube geschickt hatten, damit er ihm die Niederlage mitteilte.

Taube verspürte enorme Stöße in seinem Inneren. Als hätte eine schmerzvolle Gestalt aus ihm herausspringen wollen, um mit seinen Klagen durch die ganze Stadt zu rennen. Er war unfähig, etwas zu erwidern, zitterte vor Aufregung, ließ es aber einfach geschehen. Dieser betrunkene Bote zeigte ihm, wie man ihn in die Falle gelockt hatte: Er sah es vor sich, wie die Meister auch in diesem Moment schallend über ihn lachten, sich ausrechneten, wie viel sie auf seine Kosten gezecht hatten, und sich kugelten vor Lachen bei dem Gedanken, wie wunderbar sie ihn abgewählt hatten. Er spürte den Hass wie ein Messer an seiner Kehle.

Er schrie so laut, dass Masa erschrocken hereingerannt kam und den kleinen Weisz, den sie für den Grund des Wutausbruchs hielt, aus dem Zimmer zerrte.

»Kommen Sie, kommen Sie schon«, sagte sie, »am Ende bringt er Sie noch um.«

Sie hatte es mit der Angst zu tun bekommen. Taube hatte die Menschen bisher auf die denkbar ruhigste Art hin- und hergeschoben, und nun ballte er die Faust und hatte einen Blick, als würde ihm der Verstand sogleich wegrennen.

»Werde ich denn von allen gehasst? Nicht einmal diese wollen mich mehr haben? Wer bin ich, dass mich alle einfach nur so abwählen können?«

Er stapfte in dem engen Büro wild auf und ab.

Sein Murmeln war nicht zu verstehen. Es wirkte, als spräche er leise ein orientalisches Gebet. Er flüsterte und stieß dann einen Schrei aus.

»Ich will wissen«, zischte er alles um sich herum vergessend, »ich will wissen, wer mich liebt!« Er legte sich aufs Sofa und kämpfte mit sich, er war ein einziges, langsam abflauendes Schluchzen.

Als abends um sieben die Rollläden des Geschäfts in der Virág utca krachend hinunterfielen, standen drei kleine Fässer Bier und ein etwas kleineres Fass Wein traurig neben der Bürotür. Taube hatte sie noch am Morgen bringen lassen. Er hatte sich auf ein großes Fest eingestellt. Sollten die Proletarier doch einmal ihren Spaß haben. Sollten sie sehen, dass er den Vorsitz verdient hatte. Und den hübscheren Frauen war bereits am Tag zuvor angekündigt worden, dass sie heute für ein bisschen zusätzliche Arbeit würden dableiben müssen. Die Geschäftsführerin hatte den ehrenvollen Befehl ausgerichtet.

Jetzt standen die Frauen unschlüssig hinter den heruntergelassenen Rollläden. Was würde geschehen? Mit geröteten Wangen warteten sie darauf, dass Masa von Taube kommen und ihnen eine Nachricht bringen würde. Der Eigentümer des Phönix hatte nach Betriebsschluss hier früher öfter fröhliche Abende veranstaltet. Alle tranken dann reichlich und feierten bis in die Morgenstunden. Trotzdem wurden am nächsten Tag die Gasbügeleisen pünktlich in Gang gesetzt. Masa und die Damen hinter der Empfangstheke puderten und schminkten sich großzügig, und die Kunden kamen und gingen wie gewöhnlich.

Sie standen in einer Gruppe versammelt herum und beobachteten verdutzt die kleine Bürotür. Sie hatten sich schon sehr auf das Fest gefreut und waren nun enttäuscht, als sie hörten, dass der Alte krank geworden war und wie ein Verrückter in Masas Armen weinte.

Als sie keine Lust mehr hatten, herumzustehen, hockten sie sich auf die Wäschebeutel und unterhielten sich im Flüsterton.

Eine der Frauen setzte sich auf ein Bierfass und tat so, als hielte sie einen Krug in der Hand und tränke daraus. Dann legte sie das Ohr neugierig an die Bürotür und lauschte. Sie konnte Taubes langsame Worte hören, sein kurzes Atmen und Masas erschrockene Stimme. Sie verfolgte das Geschehen eine Weile und stand dann auf. Sie ging zur Theke, wo ihr Essensbehälter stand, beugte sich lustlos hinunter, schnitt eine Grimasse und ging zum Ausgang.

Da machten sich auch die anderen auf den Heimweg. Die letzte schaltete das Licht aus und zog leise die Tür hinter sich zu.

11

Seit Wochen irrte Madame Ilcsi verängstigt durch die Straßen. Ihr rundes Gesicht war eingefallen und ihr weißer Teint war wie vom Gelb der Galle gefärbt. Ihrem Dromedarkörper war zwar keine Gewichtsabnahme anzusehen, ihre Gestalt wurde jedoch von einer schattenartigen Schwäche umweht, und von ihren dicken Lippen tönten Klagelaute in die Nebelluft. Sie hatte eine stecknadelkopfgroße bräunliche Warze mitten zwischen den Augenbrauen, die, obwohl sie so klein war, jedem ins Auge zu springen schien. Dieses warzenartige Etwas wucherte, juckte und schmerzte; und irgendwann platzte es, wie von eitrigem Dampf aufgebläht, und entzündete sich. Dieser unruhige Fleck jagte Ilcsi Angst ein, immer wieder holte sie ihren Taschenspiegel heraus, um ihn sich mit nervösen Blicken zu besehen. Ihr kam es vor, als würde der Fleck beständig wachsen und, wie von seinem eigenen Gewicht gezogen, ein bisschen in die Haut einsinken. Die über alles erhabene Ilcsi, die Veteranin, überpuderte ihn voller Bestürzung, da sie nicht wollte, dass er von den Kolleginnen oder jemand anderem bemerkt wurde. Aber der weiße Puderschleier rieselte ihr von der Stirn und der Fleck schmerzte, ja, er schmerzte sehr.

Auf der Suche nach einem heruntergekommenen Arzt, der jahrelang ihr ergebenster Kunde gewesen war, klapperte sie schnaufend die Vorstadtstraßen ab, blickte sich angestrengt mit ihren kleinen, von Fettwülsten eingerahmten Augen um. Und als sie ihn in einer Kellerkneipe entdeckte, richtete sie freudestrahlend den betrunkenen Kopf des Arztes auf, half ihm aufzustehen und nahm ihn mit zu sich nach Hause. Ihr Anblick weckte offenbar wieder die Lebensgeister des benebelten Mannes, er lachte vor Begeisterung.

Dieser hagere Mann war *ehemals* der Gynäkologe Doktor Kritz gewesen. Das Wort *ehemals* war bezeichnend für sein ganzes Leben: Ehemals war er ein vor Muskeln nur so strotzender Turner gewesen, ein eleganter Herr, lebendig und gesund, aber er war es eben nur *ehemals* gewesen. Als Gynäkologe hatte er mit sicherer Hand Abtreibungen durchgeführt; er hatte gelernt, sich weiterentwickelt und eine Frau aus vornehmem Hause geheiratet.

Der Typ der schludrigen, schmuddeligen Hausangestellten oder Putzfrau übte jedoch eine unwiderstehliche Anziehungskraft auf den Herrn Doktor aus, und nach einigen Monaten Eheleben kam es zum ersten Skandal: Der junge Ehemann stürzte sich auf die ungeschlachte Köchin. Zwei Wochen später beschwerte sich unter Tränen das Zimmermädchen bei der gnädigen Frau. Der Arzt schwor, seine wilde Leidenschaft zu bekämpfen; er ging nur noch gesenkten Blickes umher und bat seine unglückliche Ehefrau schließlich, die Kleidung einer Hausangestellten anzuziehen; die blasse Frau musste ihn mit Wischtuch und Besen in der Hand empfangen. Eines Tages ging Kritz jedoch durch die Virág utca und hob, zu seinem Verhängnis, kurz den Blick, den er zuvor stets auf den Bürgersteig geheftet hatte. Seine Augen bekamen einen so wilden Glanz wie nie zuvor: Vor ihm schaukelte die schwerfällige Gestalt von Madame Ilcsi. Ein regelrechter

Wutanfall trieb ihn zu ihr. Und in dem großen Bett (vor dem er jetzt in schauriger Erinnerung versunken stand) hörte sich Ilcsi lächelnd seine Geständnisse an. Ilcsi imponierte es sehr, von einem Gynäkologen besucht zu werden (sie war noch Anfängerin). Sie plauderte freundlich mit ihm: stellte ihm kluge Fragen und bat ihn um Rat. So entlockte sie dem Mann ein Wort nach dem anderen und gelangte schließlich an eine Tür, die er bislang unbewusst, bange verschlossen gehalten hatte. Nun reichte ein schweinischer Sesam-öffne-dich-Satz, und die Zaubertür sprang auf, heraus kam das Phantom der verborgenen Sehnsucht.

Fiebrig gestand der Arzt, dass er gerne treten würde wie ein Pferd, beißen wie ein Löwe, brüllend Hemden zerreißen, sich auf dem Boden oder draußen auf dem Feld oder im Wald der Lust hingeben. Als Jugendlicher, auf dem Land aufgewachsen, hatte er sich einmal angesehen, wie sich die Tiere im Stall paarten.

Den Arzt erregten seine eigenen Worte. In seinen Augen flackerte ein wildes, klagendes Feuer. Er winselte beinah:

»Meine Frau lässt mich nie.«

Und da Ilcsi ihn nur auslachte, verzerrte sich sein Gesicht und lief rot an, er knirschte mit den Zähnen und rief mehrmals:

»Erniedrige mich nicht, erniedrige mich nicht, ich flehe dich an …«

Ilcsi hätte ihn vielleicht hinausgeworfen, wenn in ihrem harten Herzen nicht ebenfalls ein gieriges Verlangen gepocht hätte. Einige Jahre zuvor war sie mit der Straßenbahn gefahren, und neben ihr hatten sich zwei Damen unterhalten, die nach Schauspielerinnen aussahen. Vom Wagen aus waren die schönen Villenreihen auf dem nahegelegenen Berg zu sehen, und die beiden Frauen deuteten mit neidischem Lachen auf die schönste Villa:

»Die hat sie sich auch damit verdient«, flüsterte die eine spöttisch.

»Ja, bestimmt nicht mit ihrer Kunst«, antwortete die andere.

Ilcsi war damals noch sehr jung. Sie stand am Anfang ihrer Laufbahn, und dieser mit Marmor verkleidete Palast, der große bunte Garten kamen plötzlich vom Berg zu ihr und schlüpften in ihr Herz, das sich daraufhin in so eine prachtvolle Villa verwandelte; dafür schlug es, wenn Männer ihre Lust an ihr stillten, deshalb lebte sie im Bordell, deshalb erfüllte sie jeden Wunsch, nur um eines Tages auch so einen Palast zu besitzen.

Das hatte sie dazu gebracht, den Arzt auf fatale Weise an sich zu binden; den Preis schraubte sie jedoch immer höher und das verdiente Geld hortete sie geizig. Sie war sich nicht zu schade, den langen, beschwerlichen Weg zu einem Acker auf sich zu nehmen oder sich mit ihm in einem Stall zu treffen, nur um eine noch höhere Bezahlung zu erhalten.

Im Laufe der Jahre ist dieser Mann neben ihr immer weiter verwahrlost: Jedes Mittel, um an Geld zu gelangen, war ihm recht, Hauptsache, er konnte es zu Ilcsi bringen. Er verschrieb Morphium, stellte falsche Atteste aus, bis ihn schließlich ein Todesfall ins Gefängnis brachte und man ihm nach einer weiteren Gerichtsverhandlung das Diplom entzog. Nachdem er die acht Jahre im Gefängnis abgesessen hatte, tat er das, was Sünder häufig tun: Von allen ausgestoßen, kehrte er zu seinen Sünden zurück. Er tat sich mit den Hebammen zusammen, arbeitete für sie, ließ sich Bestechungsgelder auszahlen und steckte den Gewinn ins

Kartenspiel. Die vorsichtige Ilcsi ließ ihn jedoch immer seltener zu sich, trieb den Preis immer höher und wenn er mit zu wenig Geld zu ihr kam, warf sie ihn eiskalt hinaus. Zu der Zeit begann Kritz vor Kummer zu trinken.

Und jetzt saß er wieder in Ilcsis Zimmer und dachte, es würde alles wieder so werden wie früher.

Ilcsi ließ ihn sich sattsehen, dabei klopfte ihr Herz vor Neugier noch schneller als seines; die Ärzte würden ihr nicht die Wahrheit verraten, aber dieser hier würde ihr alles sagen. Wie benommen streckte er die Arme nach ihr aus, sie trat zu ihm, nahm seinen Kopf in die Hände und küsste ihn auf den Mund.

Sie hockte sich vor ihn und streichelte ihm die zitternde Hand.

»Schau dir das an«, sagte sie aufgeregt, »Schau es dir an. Lüg nicht, sag mir: Was ist das?«

Mit flackerndem Blick betrachtete Kritz den geschwürigen Fleck einige Augenblicke lang: Sein Mund bebte, er konnte das Wort nicht aussprechen.

Ilcsi nahm voller Schrecken den zitternden Körper des Betrunkenen wahr und ihr lief es kalt den Rücken runter.

Der ehemalige Arzt starrte lange auf den kleinen Fleck und schüttelte dann verzweifelt den Kopf.

»Ilcsi, Liebes«, sagte er heiser und drückte den Finger auf den schmerzenden Punkt, »das ist Krebs!«

Vor Schreck schlug ihm Ilcsi so heftig auf den Finger, dass Kritz schmerzerfüllt auffuhr und eine Flut lateinischer Wörter ausstieß, er brüllte medizinische Zitate, völlig außer sich bekräftigte er immer wieder, dass das Hautkrebs sei, Krebs, ja, ganz sicher, er könne darauf schwören. Und schon erhob er seinen dünnen Arm zum Schwur.

Von dem Tag an trank Ilcsi über mehrere Wochen.

Hartnäckig überpuderte sie pausenlos den eitrigen Fleck, der sich inzwischen zur Größe einer Silbermünze ausgewachsen hatte, und voller Angst maß sie ihren Brust-, Oberschenkel und Armumfang. Sie nahm immer mehr ab. Ihre Spezialität war dahin.

Von nun an war sie stets allein unterwegs, führte Selbstgespräche und wartete auf ein Wunder. Am Boden zerstört suchte sie nach jemandem, dem sie von ihrem Unglück berichten, dem sie ihre immer dünner werdenden Beine und Arme zeigen konnte. Plötzlich fiel ihr Taube ein, der Eigentümer des Phönix, und dieser Gedanke erfüllte sie mit Freude. Schließlich hatten sie doch den Laden in der Virág utca gemeinsam gefunden. Und wie oft hatte sie sich Taubes Träumereien von der größten Dampfwäscherei der Welt angehört, in der alle Wände schneeweiß gekachelt sein und die Waschmaschinen ein Emaillegehäuse haben sollten.

Ich besuche Taube, dachte sie, man sagt ja, um die gute Laune sei es auch bei ihm schlecht bestellt.

Ganz beschwingt machte sie sich durch die trübe Abenddämmerung auf den Heimweg; sie trug ein hellblaues Kleid, das wollte sie ablegen und stattdessen ihr schwarzes Georgettekleid anziehen, ein trauriger Mensch sollte kein Hellblau tragen. Als sie es jedoch angezogen hatte und ihre immer noch gewaltige Gestalt den Spiegel schwarz ausfüllte, auch draußen und um sie herum nahm die Dunkelheit zu, da zuckte sie zusammen, sie fühlte sich beklommen und hatte den Eindruck, aus dem vielen Schwarz steche der Fleck erst recht hervor.

Während sie einsam die knarrenden Holztreppen hinunterging, seufzte sie und schüttelte langsam den Kopf. Sie begegnete niemandem.

Sie betrat leise den Raum und grüßte mit schwacher Stimme. Masa versperrte ihr den Weg und sagte, dass Taube schlafe.

»Ich muss aber«, sagte Madame Ilcsi kummervoll kurz. »Ich muss mit ihm sprechen«, wiederholte sie und schob die Geschäftsführerin zur Seite. Sie klopfte aufgeregt an Taubes Bürotür und öffnete diese, ohne eine Antwort abzuwarten.

Das Büro war dunkel, aber vom Sofa aus war ein Flüstern zu vernehmen. Madame Ilcsi hielt inne und lauschte: Störte sie gerade eine Liebesszene? Sie stampfte mit ihrem Schuh auf den Boden. Das Flüstern brach auf einmal ab und sie hörte die erschrockene Frage:

»Wer ist da?«

»Ich bin's, Taube, die alte Ilcsi«, sagte sie sanft.

Als Antwort erhielt sie einen aufbrausenden, von Ekel erfüllten Aufschrei:

»Was willst du?«

»Ich wollte mich nur unterhalten. Ein bisschen mit dir reden …«

»Nein, nein«, sagte er nervös, »lass mich in Ruhe, geh.«

»Verzeih mir, Herr Taube, dass ich dich besucht habe. Wir kennen uns schon lange, du hast mir ja auch viel von deiner Fabrik erzählt«, sagte sie und hob ihre Schweinsledertasche in die Höhe, »und ich habe in Handtaschen wie dieser Geld gehortet, um mir im Alter eine Villa zu kaufen …«

Sie brach den Satz ab. Schluchzend stieß sie hervor: »Ich habe Krebs.«

Der starre Taube erschauderte, er zog sich zurück, immer weiter, weiter.

»Krebs!«, rief er. »Krebs! Fass mich ja nicht an!« Er sprang auf und rieb den Zeigefinger an die Wand, als wollte er die furchtbare Berührung abwischen.

Auf dem Sofa weinte Madame Ilcsi, den Kopf auf die Arme gelegt, wobei seltsame trompetende Töne aus ihrer Kehle drangen. Ihr Mund klappte auf und zu, ihr Atem pfiff.

Taube betrachtete sie unverständig. Was wollte sie denn hier bei ihm? Wieso war sie zu ihm gekommen, wieso kam überhaupt auf einmal alles Schlechte zu ihm? Was umgab ihn, wer schickte ihm diesen Lanker, diese Ilcsi, diese schlimmen Erinnerungen?

Er wurde immer unruhiger. Jede Bewegung Ilcsis ließ ihn zusammenzucken.

»Was willst du?«, fragte er mit erhobenem Kinn, »wer hat dich gerufen?«

Jetzt hob Ilcsi ihr tränenüberströmtes, gewaltiges Gesicht.

Voller Ekel stampfte er auf, und schrie:

»Mit welchem Recht dringst du hier ein? Und was willst du von mir?«

Er nahm seinen Mantel. Als er ihn anziehen wollte, ergriff sie verzweifelt einen Zipfel. Taubes Gesicht wurde ganz rot, und er riss sich weg. Ilcsis Gesicht war so nah an seinem, dass er sah, wie ihr die Tränen in die Augen stiegen; sie atmete ihn an, weinte ihn voll, unter dem Vergrößerungsglas des Entsetzens war sie riesig geworden, sie berührte ihn beinah, aber dann gelang es ihm, sich erneut fortzureißen. Mit einem Satz hatte er das Büro verlassen, lief zunächst keuchend, schnell, dann rannte er durch den Laden. »Taxi!«, rief er, auf der Straße angekommen, und hielt die Ladentür hinter sich zu. Seine Angestellten eilten ihm überrascht hinterher, und hinter ihnen erschien Madame Ilcsi in ihrem schwarzen Kleid, tränenüberströmt, taumelnd.

Taube wusste nur noch, dass er nun im Auto saß und dieses mit ihm davonjagte.

Die Aufregung trieb ihm Schweiß auf die Stirn, aber je weiter sich das Auto entfernte und die Bäume ihm entgegenflogen, desto mehr trocknete der kühle Herbstwind Taubes Gesicht und Körper.

Er reckte den Kopf den fernen Punkten entgegen, die sich ihm näherten, bohrte die Augen in sie; dieser Wind war so frisch und kühlend. Und wie der Fahrer sein Benzinpferd antrieb. Der Kerl würde ein üppiges Trinkgeld bekommen.

Jetzt bog der Wagen aus der dunklen Nebenstraße in die Hauptstraße ein: Hier flog der Wind Taube mit funkelnden Lichtern entgegen, und nun zitterte er bereits vor Kälte. Als sie dann wieder durch dunklere Straßen stadtauswärts fuhren, sprach der Wind mit Taubes Seele; Taube spürte, wie er sich vor seinem Pfeifen fürchtete, es ihn in seinem Strom fröstelte, und da sah er plötzlich, wie Madame Ilcsi mit grünem Gesicht im Schein einer Straßenlaterne erschien und durchs Dunkel auf ihn zugerannt kam, und wie dann von den nächsten Lampen aus weitere grüne und eitrige Gesichter auf ihn zusprangen. Sie prallten an Taubes Gesicht und fielen auf die dunkle Straße. Der Wind raste, das Auto raste, die vielen krebszerfressenen Gesichter rasten.

Die Bäume pfiffen ängstliche Lieder, und alles schüttelte sich, gemeinsam mit dem vor Kälte starren Taube; die Schar der Schreckensbilder blieb stehen und fiel Funken sprühend zu Boden; die Nacht blieb stehen und fiel, und Taube schritt durch die Luft, erfüllt von der Angst, jemand könne ihn zurückhalten wollen. Er rannte durch ein Eingangstor und blieb erst beim wohlig flackernden

Feuer in seinem Speisezimmer stehen. Wie ein Traum trat seine Frau an ihn heran, und der ums Fahrtgeld besorgte Taxifahrer ermahnte diese von draußen zurufend, immer wieder, ihn zu bezahlen.

12

Am nächsten Tag bemühte sich Taube, die Ängste, die ihn hämisch angrinsten, als langweilig zu empfinden. Er wollte ausgiebig gähnen und verscheuchte mit leicht zitternder Hand das Gesicht Madame Ilcsis, das ihm ab und zu erschien.

»Das ist doch alles völliger Unsinn«, sagte er sich im Lehnstuhl sitzend. »Ich bin nur nervös.« Er befühlte vorsichtig seinen Schädel. »Zum Glück ist er noch nicht weich geworden, noch nicht!« Darüber musste er schmunzeln.

Er wandte sich tapfer der Uhr zu, die ihn in jener seltsamen Nacht so hatte erschaudern lassen. Die Sonne schien nun auf die beiden Tänzer, sie waren kein bisschen angsteinflößend. Und dennoch, als die Uhr mit tiefem Klang elf schlug, erschien es ihm, als wäre es plötzlich Nacht. Taube erbebte ein wenig.

Er taumelte in die Mitte des Zimmers, war von vier Wänden umgeben, aber auch diese erschienen ihm gespenstisch, als hätten sie ihre rubinroten Rosen und grünen Girlanden soeben erst ausgeschwitzt. Die Welt bewegte sich und wuchs zunehmend vor seinen Augen. Bald würde er den Gesprächen der Staubkörner lauschen können. Der hereinwehende Wind steigerte diese ohnehin aufgeladene Atmosphäre, Taube berührte ein Blatt Papier, dann die Vorhänge – alles gab einen Laut von sich: Als hätte er die dumpfen Saiten einer unbekannten Harfe gezupft.

Taubes Nerven krochen ihm geradezu aus dem Fleisch, um auch das leiseste Knistern wahrzunehmen. Im Bann dieser Empfindungen stand er, als seine Frau, die bisher in der Küche beschäftigt gewesen war, das Zimmer betrat. Ihr Gesicht war von der Wärme des Herdes etwas gerötet. Die feuchten Hände wischte sie sich an der Schürze ab. Sie hatte das sanfte Gesicht einer Frau, die vom Kochen kam, Taubes ungemein erregte Augen sahen es jedoch als tausend Falten. Und als tausend Flüsterworte hörten seine nervösen Ohren das eine Wort, das sie sagte; er nahm sie nicht als Ganzes wahr, sondern als das Wimmeln kleiner Details. Und hinter seiner Frau erschien plötzlich eine ganze Schar ihm bekannter Menschen: Sie zerfielen ebenso in Millionen Einzelteile und riefen durch ihre sprudelnde Vielfalt in Taubes Gehirn ein Gefühl hervor, als würden in ihm, wie vom Boden einer soeben geöffneten Sodaflasche, blubbernde Bläschen aufsteigen.

Was würde mit ihm geschehen, dachte er, wenn er jeden Menschen als eine solche Vielzahl von Bläschen sehen würde? Was, wenn sich denn zehn Menschen auf einmal vor ihn stellen würden? Der über ihn hereinbrechende Anblick würde ihn doch gewiss in den Wahnsinn treiben. Ein einziger Klagelaut würde ihm die Kehle zudrücken, denn in ihm würden Millionen Seufzer rauschen; ein Wort über die Vergangenheit, und er würde von der gesamten Vergangenheit überflutet.

»Ich bin in der Hölle angekommen«, stellte er fest und seufzte reuevoll. Bis vor kurzem hatte er sich noch um niemanden unter den Menschen gekümmert – und nun würde er sich sogar zu den Staubkörnern hinunterbeugen müssen.

Die unbekannte Harfe tönte laut. Er fürchtete zu verraten, dass er sie hörte; sollte er einen Arzt kommen lassen? Dadurch würde er gleichsam zugeben, dass er verrückt war, dabei war er doch nicht krank. Er konnte rückwärts zählen ... Zehn, neun, acht, sieben ... Ihn bedrückte nur aus irgendeinem Grund irgendetwas. War es sein Gewissen? Oder war das Ganze nur nervöse Aufregung?

»Lass uns zu Mittag essen«, sagte er in düsterem Ton, »lass uns essen.« Er setzte sich an den Tisch und betrachtete die funkelnden Teller, die glänzenden Gläser und den an Blut erinnernden roten Wein, den er am liebsten sofort zurückgeschickt hätte; er befürchtete jedoch, die ohnehin seltsame Stimmung dadurch nur noch zu steigern. Dann entlockte ihm jedoch das Brot, wie es so angeschnitten dalag, mit den ungeheuer vielen, atmenden Löchern, umhüllt von der schwindelerregenden Bräune der Kruste, einen leisen Aufschrei, woraufhin die Uhr, als würde sie ihm verständnisvoll antworten wollen, ernst zwölf schlug, das Zimmer sich einmal langsam drehte, es Nacht wurde, die Tänzer grinsten und das weiße Ziffernblatt Taube anstarrte.

Bald wurde die Suppe serviert, in einer Rokokoschüssel aus der die Schöpfkelle herausragte. Wie ein bunter Porzellanvogel ließ sich die Schüssel dampfend auf dem Tisch nieder. Die Suppe war von einem heiteren Gelb. Auf der Oberfläche kreisten schillernd die Fettmünzen. Taube betrachtete diese gelbe Farbe aufmerksam und zuckte zusammen, als wäre ihm eine Gräte im Gehirn stecken geblieben.

»Damals sah die Suppe auch so aus«, sagte er und rückte sogleich ein bisschen von der Schüssel ab. »Ja, haargenau so.« Um die aufwühlende Erinnerung zu ergänzen, verfolgte er eingehend jede Bewegung seiner Frau – damals hatte seine Mutter die Kelle genauso gehalten wie jetzt seine Frau.

Er hatte sich um dreißig Jahre zurück von diesem Tisch entfernt und war bei jenem anderen angekommen: Genau so hatte sich vor dreißig Jahren sein Teller gefüllt, genau so wie der seines Vaters neben ihm. Zuletzt hatte seine Mutter sich selbst genommen. Taube erinnerte sich genau, dass sie sich mit dem gleichen bedachtsamen Ausdruck im Gesicht gesetzt hatte wie jetzt seine Frau.

Auch das Atmen seines Vaters hörte er jetzt wundersam lebendig; das Ganze begann mit zwei oder drei verzerrten, schweren Atemzügen. Sein Vater hob mit dunkelrotem Gesicht gierig den Löffel und pustete mit solcher Kraft, dass einige Tropfen auf die weiße Tischdecke fielen.

Beim zweiten Mal pustete er die löffelgroße Menge Suppe noch heftiger, blickte plötzlich in seinen Teller, mit inzwischen purpurrot entflammtem Gesicht. Er stierte den Teller wütend an, als sähe er darin eine widerwärtige Fliege. Neugierig besahen auch sie sich nun des Vaters Teller und bemerkten gar nicht, dass sich das Gesicht des Vaters zu einer schmerzvollen Grimasse verzog und sein Mund mit einem Stöhnen öffnete. Sie sahen nur erstarrt zu, wie der dicke Kopf in die gelbe Suppe fiel, diese aus dem Teller schwappte und der Kopf auf dem glatten Porzellan ein bisschen zur Seite rutschte. Eines seiner Augen blieb geöffnet und starrte sie aus der Suppe an. Sie sahen zu ihm und warteten darauf, dass er auch dieses Auge schließen würde (schließlich war die Suppe heiß und scharf), dass er den Hals bewegen und endlich auch den Kopf heben würde. Das sich langsam dunkel verfärbende

Gesicht blieb jedoch im Teller liegen und starrte sie immerfort an.

In stummem Schrecken streckten sie die Hände nach ihm aus (sie dachten, er lebe noch), aber nur Taube hatte die Kraft, den fettigen Schädel anzufassen, ihn hochzuheben, wobei ihn die tödliche Suppe, die ihm über die Finger lief, erschaudern ließ.

All das wurde in diesen Augenblicken zu einer so lebendigen Erinnerung, dass Taube die Geschichte aus der Vergangenheit unwillkürlich fortsetzte und ebenso wie damals mit heiserer Stimme sagte:

»Er ist tot … Er ist tot.«

Frau Taube, die ihm gegenüber saß, stieß einen Schrei der Überraschung aus und sprang auf.

Taube starrte mit Tränen in den Augen auf seine Suppe: Jetzt sah er sein eigenes Gesicht, das sich in der fettigen Oberfläche spiegelte; er hätte nichts dagegen gehabt, wenn plötzlich auch sein Kopf nach vorne gekippt wäre. Von diesem dumpfen Schmerz erfüllt, schob er seine Frau von sich.

»Mein Vater«, erklärte er leise.

Frau Taube kannte die Geschichte und verstand sofort, was ihr Mann soeben gesehen hatte, aber sie versuchte, die furchtbare Erinnerung lächelnd zu verscheuchen, und sagte:

»Ich bringe das Fleisch.«

»Es gibt Paprikahuhn«, sagte sie bereits in der Tür, als sie zurückkam. »Paprikahuhn, das du so gern isst. Ich habe es selbst zubereitet, nicht das Dienstmädchen«, fügte sie hinzu.

Aber Taube war immer noch in den Anblick seiner Suppe versunken, aus der das Bild bereits verschwunden war, das Fett jedoch auf deren Oberfläche wie festgefroren schimmerte. Darin zeichneten sich seltsame Berge, Seen, Welten ab, und seltsame Reisen unternahm hier das von toten Erinnerungen geplagte Auge.

»Mein Gott, schaff das endlich fort!«, fuhr Taube in wütendem Schmerz seine Frau an und schob den Teller von sich. »Dieses Gesicht …« Voller Entsetzen sah er die in Unbeholfenheit erstarrte Frau an.

Schließlich trug Frau Taube verschüchtert den Teller aus dem Zimmer. Als sie zurückkam, wollte sie hartnäckig das »köstliche« Mahl fortsetzen. Es war ihr erstes gemeinsames Mittagessen seit Jahren.

»Welchen Teil soll ich dir geben?«, fragte sie, rührte mit einem Silberlöffel in der toten Schar von Schenkeln, Flügeln, Hälsen und hob schließlich eine Delikatesse, den Kopf eines Hahnes heraus, dessen Augen geschlossen waren. Aus den ärmeren Zeiten war Taube die »Kleinteile« gewohnt und mochte sie auch. Also nahm seine Frau den von Paprikasaft glänzenden Kopf, auf dem auch der Kamm nicht fehlte, heraus und hielt ihn Taube hin.

»Schatz, möchtest du ihn?«

Der gekochte gelbe Schnabel zeigte in Taubes Richtung, von seiner Spitze fielen langsam die Suppentropfen, blutigen Tränen gleich. Und darunter badeten in Stücke gerissen die anderen Teile, bläuliche, gebrochene Knochen: Oh Gott! Alles hier schmeckte so sehr nach Mensch, ein Mensch lag in der blutfarbenen Suppe, und sie saßen über ihm, wie Riesen mit erdballgroßen Köpfen, und wollten ihn mit ihren grässlichen Zähnen zerfleischen.

»Bring das alles weg«, sagte Taube, seinen abgrundtiefen Ekel hinter einer klagenden Stimme versteckt. »Bring es endlich weg, ich flehe dich an.«

Er wandte sich stöhnend vom Tisch ab und hörte, wie Teller, Besteck und der blutige Wein klappernd hinausgetragen wurden. Er verspürte einen unsäglichen Durst, konnte aber auch nichts trinken, da ihm eingefallen war, dass ihm ein Bekannter einmal erzählt hatte, sein Bruder sei in einem Fluss ertrunken und er müsse seitdem beim Wassertrinken stets daran denken, dass er seinen Bruder trinke.

»Ach«, murmelte Taube und war ganz in sich zusammengesunken, »ach«. Er blickte traurig durchs Fenster zum Himmel hinaus, wo zwischen den dreckigen, grauen Wolken die Herbstsonne strahlte. »Was wird mit mir?«, fragte er sich und betastete mit bitterer Miene seinen bis oben hin mit Ekel gefüllten Magen.

13

Für das Dienstmädchen der Familie Taube, diese erschreckend magere Frau mit dem schütteren Haar, war Taubes Heimkehr, als wäre ihr eigener Mann, der sich irgendwo in der Ferne herumtrieb, nach Hause gekommen. Eifrig half sie, dieses ausgekühlte Zuhause in ein schönes und angenehmes zu verwandeln, und auch an der Zubereitung der Festessen beteiligte sie sich redlich. Aber nach dem Mittagessen des Grauens konnte Taube nichts essen. Die beiden Frauen versuchten es mit allen Fleischsorten, aber der Eigentümer der Dampfwäscherei Phönix schüttelte nur verzweifelt den Kopf: »Nein«, sagte er und tat so, als würde ihm ein unangenehmer Geschmack aus dem Magen aufsteigen.

Seit dem Essen waren zwei Wochen vergangen: Diese Zeit hatte die frühere Körperfülle von Taube geschält. Die Frauen sahen darin Anzeichen großer seelischer Qualen. Sie benahmen sich wie Krankenschwestern; Taube konnte sich nicht rühren, ohne von mindestens zwei (manchmal auch vier) besorgten Augen beobachtet zu werden. Er wurde ganz steif von der ständigen Kontrolle, rührte sich lieber überhaupt nicht mehr, nur um die Seufzer nicht hören zu müssen, die ihn zur Vorsicht ermahnten.

Als er allein war, blickte er aus dem Fenster.

Wie schnell es dunkel wird! Welchen Monat haben wir eigentlich?

Er wusste es nicht, denn bisher wollte er nie einen Kalender haben, und eine Zeitung war nicht zur Hand.

Bald wird es Winter, wird es kalt, dachte er. Wie gut es tut, sich mit sich selbst zu unterhalten, stimmt's, mein Alter? Sind fünfzig Jahre denn eine Zeit? Aber was für fünfzig Jahre es waren! Andere würden in tausend Jahren nicht so viel erleben. Und wenn jemand sein Leben hundertmal mehr genießt als andere, bedeutet das gleich, dass er kürzere Zeit lebt? So ist es gewiss nicht. Jeder lebt so lange, wie Gott es ihm gewährt.

Schon wieder bin ich beim Tod angekommen, dachte er, erhob sich nervös aus dem Lehnstuhl und ging zum Fenster. In letzter Zeit komme ich, wenn ich ein bisschen allein bleibe und nachdenke, irgendwann immer beim Tod an. Dabei gibt es nichts Besseres, als allein zu sein, in der Stille zu sitzen, die Einsamkeit hat etwas beinah Erholsames; aber dann gesellt sich stets der Tod zu mir, und ich muss meine Stille mit ihm teilen.

Vor seinen Augen legte sich ein Schatten über die Möbel, die Wände wurden allmählich zu schwarzen Tüchern und der Himmel, mit seinem riesigen blauen Kopf, schien in Schlaf zu sinken. Taube kam es vor, als hätte sich der Boden unter seinen Füßen geöffnet und als würde er in eine schwarze Schlucht fallen. In der großen Dunkelheit wirkte das Klicken des Kronleuchterschalters erfrischend, ja, befreiend, und das Licht breitete sich mit solcher Kraft aus, dass es auf Taube den Eindruck von Sonnenschein machte. Er strahlte vor Überraschung und näherte sich den Glühbirnen, die zwischen den Glasblättchen glänzten, mit einer Begeisterung, als handelte es sich um prachtvolle Blumen. Allesamt erschienen sie ihm wie sonnengebräunte, runde, gesunde Gesichter, und in Taubes jetziger Lebensphase war seine Verzückung durchaus verständlich: Die Empfindungen, die sich bei ihm den Menschen gegenüber bereits abgenutzt hatten, fanden nun in solchen Sensationen Erfüllung.

»Wie wäre es«, flüsterte er und lächelte dabei, »wenn ich hier riesige, weiße Glühbirnen hineinschrauben würde? Wenn mir, dem die Dunkelheit so zu schaffen macht, wie durch Zauberhand das Licht zehntausender Kerzen erstrahlen und scheinen würde, als hätte ich die Sonne in meinem Zimmer?« Sogleich verspürte er ein angenehmes, heißes Kribbeln ums Herz.

Er griff zum Telefon:

»Hallo, bitte schicken Sie an Jenő Taube in die Akácfa utca siebenundzwanzig sofort sagen wir zehn Glühbirnen von größter Stärke … fünf weiße und fünf weitere in verschiedenen Farben«, er lachte nervös auf, »bloß schwarze bitte nicht.« Die Vorstellung der blinden, schwarzleuchtenden Glühbirne jagte ihm einen kalten Schauer über den Rücken. »Also keine schwarzen. Ach, schwarze gibt es gar nicht. Dann ist ja gut. Aber bitte sofort, gnädiges Fräulein.«

»Ági«, rief er seine Frau, nachdem er das Gespräch beendet hatte. »Komm mal herein!«

Er deutete in Richtung des Lüsters.

»Ich habe neue Glühbirnen bestellt, in Ordnung?«, sagte er und tätschelte die Wange seiner Frau. »Ich brauche mehr Licht, das beruhigt mich. Bald wird es ja Winter«, fuhr er fort und fühlte, wie poetisch seine letzten Worte klangen.

Als er bemerkte, dass seine Frau nervös war, stand er auf, gab dem Lüster, der an einem langen Glasarm hing, einen kleinen Schubs und zog dann einen Finger an den Glasgehängen entlang, die mit einem noch nie zuvor gehörten Klang klimperten. Dabei funkelten die Glasprismen in allen nur möglichen Farben, um diese dann im Zimmer zu verströmen.

So saßen sie unter dem sanft schaukelnden Lüster, inmitten des allmählich verklingenden Klimperns: Es war, als betrachteten sie ein leuchtendes Feld, auf dem die Glocken der sich entfernenden Herden immer leiser wurden.

»Gnädiger Herr«, sagte Anna, und ihre heisere Stimme erfüllte den gesamten Türrahmen, in dem sie stand, »es ist ein Junge da, er hat die Glühbirnen gebracht.«

»Schicken Sie ihn herein«, sagte Taube und sprang auf. »Schicken Sie ihn zu mir!« Taube prallte in der Tür mit dem hübschen, milchgesichtigen fünfzehnjährigen Jungen zusammen, dessen Züge Verschmitzheit und Jugend ausstrahlten. Fröhlich folgte er Taube mit den in Buntpapier gewickelten Glühbirnen.

Das Auspacken der Pappschachteln bereitete Taube große Freude: Er entnahm ihnen kühle und große Glasfrüchte. Weiße, grüne, blaue, rote Leuchten, die in goldenen Gewinden mündeten.

»Schmuckstücke«, sagte er und gab dem Jungen ein beachtliches Trinkgeld. »Gott behüte dich, mein Sohn«, sagte er zum Abschied und lächelte.

Frau Taube sah ihn traurig und bestürzt an. Taube hatte sich in seinen Bewegungen, Worten, in irgendetwas, das man Seele nennt, so sehr verändert. Ja, Jenő Taube hatte etwas Tragisches bekommen, diese Gestalt, die zuvor mit großen Belangen, großen Erlebnissen um sich geworfen hatte, war nun zu solchen Glühbirnenfreuden gesunken.

Er drehte eine Glühbirne nach der anderen in die Fassung, und das Licht, das von Minute zu Minute stärker wurde, verstörte ihn völlig. Er sah, wie dadurch jeder

Punkt des Zimmers zu leuchten begann, wie die krummen Glasarme unter den großen elektrischen Feuern beinah wegschmolzen.

»Ein Bühnenlicht«, sagte er, »wie zauberhaft.«

Dann dachte er:

»Ich werde diese fünf riesigen Glühbirnen mit einem Schlag köpfen!« Er drehte an dem Schalter, aber die Dunkelheit verschlang Taube wie ein Meer, ihm kam es vor, als sei er erblindet.

Nach einigen Augenblicken des Grübelns überkam ihn große Scham. Was war das alles um ihn herum? Wer tat das, was für ein fremdes Wesen? Sollte das etwa Jenő Taube sein? In der Nacht hatte er verständlicherweise einen unruhigen Schlaf. Das grelle Licht jagte ihn in einen wachen Traum und ließ ihn nicht in die wahre Farbe des Schlafes hinabtauchen: ins Schwarz.

Aber am nächsten Abend wurde er mit Einbruch der Dämmerung erneut von schweren Ängsten heimgesucht. Er rang mit sich, ließ sich zunächst tüchtig von der Dunkelheit quälen, bis er sie schließlich, wie ein wilder Kämpfer, der sich nicht länger zurückhalten kann, mit Hilfe der Lampen hinausjagte, hinter die Fenster. »Hurra!«, rief er, als der Schalter flammend klickte, und sah in der Helligkeit um sich, wie ein Napoleon.

In dem unglaublichen Licht fiel ihm jedoch eine handtellergroße Staubinsel auf der Anrichte ins Auge, die das Dienstmädchen versäumt hatte, wegzuwischen. Und in einer anderen Ecke steigerten seltsam aufeinandergestapelte alte Papiere durch ihre Knitter das Gefühl der Liederlichkeit.

»Weshalb putzt ihr nicht gründlicher?«, wandte er sich mit gequälter Miene an seine Frau.

»Anna!«, rief diese. »Annaaa!« Das Dienstmädchen trat eilig aus der Dunkelheit ins Zimmer und hielt sich die Hände vor die Augen.

Taube war es, als wäre er auf eine Müllhalde gestoßen: Er starrte das Dienstmädchen an. Die junge Frau trug Küchenkleidung, hatte Fettflecken auf der Bluse und dem Rock, hier und da angetrocknete Teigkrümel; von ihren runzligen Händen strömten schon von weitem die magenaufwühlenden Gerüche des Spülwassers, und um ihre Taille hing ein Küchentuch mit zwei roten Streifen am Rand, ganz grau vom Herd, dem Staub und dem häufigen Abwischen der Hände. Dieses Küchentuch war für Taube wie eine Kinoleinwand, auf die seine nervösen Augen ihre Bilder projizierten. Sie zeigten ihm die Dampfwäscherei Phönix, dann die Császárok utca mit den galizischen Juden; den überfüllten Betrieb mit Ungeziefer, das über die riesigen Säcke von Schmutzwäsche krabbelte. Taube sah, wie ein Abflussrohr nach dem anderen geöffnet wurde und die rattenfarbene, dreckige Brühe blubbernd, in breitem Schwall hinausströmte.

Was für einen widerlichen Beruf ich doch habe, in was für einem Dreck die Menschen leben, die bei mir arbeiten, dachte er und vergrub verzweifelt sein Gesicht in den Händen.

Das Mittagessen des Grauens war lediglich ein leichter Ekel gewesen, verglichen mit dem, was er jetzt empfand: Wie ein im Startloch hockender Läufer, wartete sein Magen nur auf den Schuss, um wie ein Wahnsinniger aufzuspringen und von Ekel getrieben gegen die Welt zu rennen. Es fühlt sich an, als wäre ich mit dreckigen Hemden, dreckiger Unterwäsche, dreckigem Bettzeug ausgestopft, dachte Taube. »Mach das Licht aus!«, brüllte er, krümmte sich erschrocken und lachte krampfhaft. Aber auch nach dem Anfall spürte er die Schmutzwäsche in sich: Auf seiner Lunge lag ein Wischtuch, auf seinem Magen ein vereinzelter Strumpf, in seinem Mund waren einige Taschentücher geblieben.

14

Der Heizer Tir wohnt in einem Keller. An der Tür gibt es kein Schloss. Nur ein altes Bett steht hier, darauf eine zerschlissene Decke. Er fürchtet nicht, dass man ihm diese stehlen oder sie beschädigen könnte. An die nächtlichen Besuche der obdachlosen Vagabunden ist er bereits gewöhnt; wenn ihn ihr katzenhaftes Hereinschleichen aufschreckt, ruft er ihnen mit fester Stimme zu:

»Was in aller Welt wollt ihr?«

»Nur eine Unterkunft, schlaf ruhig weiter«, lautet die Antwort, die man ihm dann ängstlich zuflüstert. Daraufhin dreht sich der Heizer gnädig zurück zur dunklen Wand, um sich weiter seinen Traum anzusehen. Aber im Winter, wenn auf den Bäumen des nahegelegenen Stadtwäldchens Schnee und Eis und am Himmel der Mond glänzen, steht er bei nächtlichem Besuch manchmal auf, macht Feuer im Ofen, durch dessen Seite sich ein Riss zieht, setzt sich zu seinen schlotternden Gästen und unterhält sich mit ihnen über die Betyaren von früher. Manchmal kommt zähneklappernd auch ein vertriebenes, arbeitsloses Dienstmädchen in seinen Keller gehuscht; manche von ihnen kommen sogar des Öfteren, und so verbringen sie die kalten Nächte mit Liebe, gemeinsam. Das Mädchen bessert ihm aus Dankbarkeit seine Lumpen aus und zieht irgendwann weiter.

Versteht ihr Tir? Sein Herz, diese immerfort rote Glut, schlägt brennend in seiner Brust, und will, wie manchmal seine überhitzten Kessel, von den vielen benebelnden Dämpfen zerbersten.

In letzter Zeit kocht sich Tir oft riesige Mengen von Tee, er hat dieses Getränk mit dem seltsamen Geschmack sehr zu schätzen gelernt. Er sitzt über die goldbraune, dampfende Flüssigkeit gebeugt und grübelt. Er besinnt sich der Worte Angelovs, sieht vor sich, wie sich dessen blutleere Lippen bewegen, spürt das Gewicht der Luft in den Worten, das Ganze ist eingerahmt von den dichten, blonden Haaren des jungen Mannes mit den blauen Augen. Der glashafte Klang der langen Geschichte, die Tir sich mit offenem Mund angehört hat und die er Wort für Wort wiedergeben könnte, hängt vor ihm in der Luft: Oh, ja, es gibt Kulis, viele, wie Staubkörner; es ist, als wäre in China die Asche eines verstorbenen Riesen zum Leben erwacht, so viele Menschen gibt es dort. Es gibt viel zu weitläufige, unermesslich große Reisfelder, von denen die zermürbten Kulis jeweils nur eine Handvoll Reis mit nach Hause nehmen dürfen. Er sieht Millionen Menschen schlammverdreckt mit einer Handvoll Reis erschöpft dahinziehen.

Auch dort ist das Leben elend, denkt Tir, wieso sollte also nicht Wu Peifu siegen?

»Eine Handvoll Reis«, sagt Tir immer wieder, als handele es sich dabei um eine geheime Losung, einen verborgenen Schmerz. Mein Gott, wie dumm die Menschen hier sind. Keiner versteht die geheime Botschaft.

Das Phönix rast, getrieben von den Maschinen; Angelov isst todmüde zu Mittag; Motyó ist zu dumm, um das Ganze zu begreifen. Wer versteht es dann? Mit wem könnte man die Sache besprechen? Mit wem könnte man sich zusammentun?

Eines Mittags klettert Tir auf die Leiter und besieht sich neugierig die Essensbehälter der Arbeiterinnen, um zu erfahren, was diese Vögelchen mit den dünnen Beinen, diese kleinen Kulifrauen essen. Als er die Sprossen hinaufsteigt, weiß er schon, was er zu seiner Verteidigung sagen würde, falls er Rechenschaft darüber ablegen sollte, was er mit den Töpfen anderer zu schaffen hat. Er ist bereit, wütend zu kontern, dass noch nie auch nur eine Speckgriebe oder ein Löffel Suppe verschwunden sei, anders als zu Zeiten anderer Heizer. Hier geht es um Weltpolitik!, wird er rufen. Aber es wäre gar nicht notwendig gewesen, sich gegen Angriffe zu wappnen, er wird nicht gestört, er kann die blauen und roten Deckelchen der kleinen Töpfe jetzt ruhig heben und seinen neugierigen Blick getrost durch den Dampf des Essens zu den blass-mageren Mahlzeiten der Kulifrauen hinabsinken lassen. Ah, denkt Tir, jetzt sehe ich wenigstens, was die Fabrik isst, jetzt sehe ich es wenigstens. Und er sieht es, sieht die Suppe mit den darin schwimmenden Kümmelsamen; die ausgetrockneten Kartoffeln, alles ohne Fett; vereinzelt kleine Stücke roter Zervelatwurst; er sieht die Handvoll Nudeln, und er sieht die gelben Entenfüße, die im Topf einer Vierzehnjährigen als Fleisch dienen sollen.

»Die Armen«, murmelt Tir. »Ein Wunder, dass sie nicht umkippen. Ihnen sollte man auf jeden Fall jeweils eine Handvoll Reis ins Mittagessen tun. Was würden sie wohl sagen? ›Schau her, mir ist Reis in die Suppe, in den Eintopf geflogen.‹«

Und Tir kocht an dem Tag tatsächlich einen großen Topf Reis und gibt unter jedes kleine rote und blaue Deckelchen etwas davon, mit nicht gerade reinen Händen, dafür reinen Herzens; und während der Mittagszeit zieht er sich vor den Blicken der überraschten Arbeiterinnen ins Kesselhaus zurück und schließt die Tür hinter sich ab.

Tir hat nun leider seit nahezu einem Monat keinen nächtlichen Besuch mehr gehabt, weshalb er, dieser seltsame Prophet, gemeinsam mit dem Keller, der bereit ist, jeden Heruntergekommenen und Streuner mit offenen Türen zu empfangen, Trübsal bläst. Voller Glanz rebellieren die revolutionären Träume in seinem verrußten Kopf. Sie schnurren, raunen ihm etwas über China zu, rollen gelbe Berge in Muschelschalen davon. Der Körper des Heizers wird von ihnen hin und her gewälzt, das alte Bett knarrt unter ihm mit gespenstischem Ächzen. Alles wartet darauf, dass ein Besucher im Dunkel erscheint, den der Heizer in seine Träume hineinziehen kann.

Dann kommt eine vernebelte Nacht, in der er endlich wieder aufschreckt. Ihn berührt ein kühler Luftzug und die Kellertür klappert. Er richtet sich auf, stützt sich auf der Bettkante ab und horcht. Hinter der Tür rumpeln betrunkene Worte, hohe und tiefe Stimmen sind zu hören; man will jemanden mit Gewalt in den Keller schieben, das Gerangel wird von Gelächter begleitet.

»Hier kannst du schlafen, Herzchen«, sagt eine Stimme.

»Geh schon und hör auf zu jammern«, sagt eine andere, ein schriller Tenor.

Und eine dritte erwidert ängstlich, mit Worten, die sie wie einen schluchzenden Pfiff ausstößt:

»Aber meine Herren, meine werten Herren!«

Schließlich wird die Person in den Keller gestoßen und die Tür hinter ihr zugeschlagen. Draußen dröhnt das wilde Grölen, irgendwann entfernen sich die Schritte geräuschvoll und es wird still. Der neue Gast im Keller macht einen ersten vorsichtigen Schritt. Dann tappt er die dunklen Stufen hinunter.

Tir zündet eine Kerze an.

»Wer ist da?«, fragt er streng. »Ja, was ist los?«

Die fremde Gestalt taumelt näher, heraus aus dem Halbdunkel: Sie tritt in den Schein der Kerze, wird beleuchtet. Der Gast, der den Heizer ansieht, ist eine seltsame Dame. Sie trägt einen Federhut, unter dem ihre kurzgeschnittenen roten Haare hervorsehen. Ihr Kleid ist aus purpurner Seide, in der Taille lang und eng; ihre winzigen Füße stecken in schlammbesudelten Goldschuhen. Ihr Mund ist rot geschminkt und speichelfeucht vom Alkohol. An ihren Ohren glänzen gläserne Ohrhänger. Der benebelte Heizer streckt den Kopf nach vorn: Träumt er oder ist er in China?

Die geschnürte Brust bewegt sich jedoch ausgesprochen lebendig auf und ab, und die Dame sagt:

»Mein Name ist Fräulein Almafin! O!« Sie macht einen Knicks. »Vielleicht kennen Sie mich ja aus dem Theater im Stadtwäldchen.«

Dann fährt sie stockend fort:

»Und Sie, mein Herr, wer sind Sie?«

Tir bricht in verrücktes Lachen aus und hält sich die Kerze direkt vor die Stirn, als wollte er sagen:

»Sie haben Licht ins Dunkel gebracht, nun ist mir alles klar.«

Aber Fräulein Almafin schwankt ein wenig. Sie sagt, so müde, dass sie dabei sogar die Lider schließt:

»Ich würde so gerne etwas essen und mich dann richtig ausschlafen.«

Erschöpft setzt sie sich auf Tirs Bettrand: Von Nahem kann man graue Strähnen in ihrem Haar erkennen.

Tir lacht nicht mehr, er steht auf, schlüpft in seine Holzpantoffeln und sagt zum Fräulein: »Ich mache gleich ein Feuer.« Wenn jemand um Essen bittet, wenn er Hunger hat und schlafen will, das ist etwas anderes. Vielleicht ist sie ja gar nicht betrunken? In so einem Augenblick sind keine Scherze angebracht.

Rasch entfernt er die Asche aus dem Ofen. Zerbricht das Weichholz über seinem knochigen Knie. Und zündet das Feuer an. Dann läuft er hin und her: Er öffnet eine Dose, sucht in der Schublade nach einem etwas besseren Messer, formt aus einem Draht einen Spieß. Er spießt den Speck auf, brät ihn, fängt das heruntertropfende Fett mit Brot auf.

Fräulein Almafin deckt sich mit dem zerlumpten Wintermantel zu und zittert vor Kälte. Nur die schlammigen Goldschuhe ragen unter der Decke hervor. Als Tir ihr den gebratenen Speck bringt, blickt sie unter schweren Lidern zu ihm auf und sagt halb seufzend, halb gähnend:

»Solche Ganoven, mir ist zum Weinen zumute.« Ihr Gesicht verzieht sich schmerzvoll. »Sie haben mich weggelockt, mir das Blaue vom Himmel versprochen und mich dann hierhergebracht! Und das finden sie auch noch lustig! Mir so etwas anzutun«, sie hebt die kraftlosen mageren Arme zum Himmel, »mir, einer Künstlerin!«

Sie wimmert leise vor sich hin.

»Eine Hundsgemeinheit«, murmelt Tir. »Es gibt solche Ganoven auf der Welt. Essen Sie, Fräulein und grämen Sie sich nicht.«

Nachdem Almafin den letzten Bissen hinuntergeschluckt hat, ist auch die letzte Träne versiegt, und sie wird ganz lebhaft.

»Merci!«, sagt die Dame in reizendem Ton. »Oh, wie

gut es geschmeckt hat. Ach, wenn Sie mir noch ein wenig braten könnten, mein Herr.«

Dann gähnt sie.

»Oder sollten wir schlafen?«

Sie erhebt sich träge, damit der Heizer ihr das Kleid aufknöpfen kann, dieser tritt jedoch zwei Schritte zurück und schüttelt seinen großen Kopf. Das kommt nicht in Frage. Er ist zwar nur ein Heizer aus dem Phönix, aber er weiß, was es bedeutet, ein anständiger Mann zu sein. Wenn es dem Fräulein in der Nacht schlecht ergangen ist, kann es sich hier ausruhen.

Er geht wieder zum Ofen. Die Flammen nährt er mit einigen Buffalo-Bill-Heften, sieht zu, wie die Reiter der Prärie, die Indianer, verbrennen, und setzt sich wieder, um Speck zu braten. Dabei erhascht er von den brennenden Blättern noch die eine oder andere Zeile.

Almafin winkt ihm jedoch zu. Offenbar hat sie sich ausgeruht und friert nicht mehr. Als Tir zu ihr geht, legt sie ihm sanft die Arme um den Hals und gibt ihm einen Kuss aufs Augenlid.

»Merci, braten Sie mir den Speck.«

Tir nickt und widmet sich mit einem Lächeln wieder dem Speck. Er zieht die Schultern hoch. Wer kann denn etwas dafür, dass sie ihn so rasch liebgewonnen hat? Das bunte Licht des Feuers schlägt ihm in die Augen, er spürt, wie ihm von der Hitze die Wangen glühen, und auch ums Herz ist ihm richtig frisch geworden; die vielen Küsse rauben ihm schon im Voraus den Atem. So etwas hat er noch nie zuvor erlebt. Er spürt es.

Der Speck schmilzt, am Bett brennt die Kerze. Es ist wie im Theater, er räuspert sich, seine Stimme ist nicht besonders, aber er stimmt eines der Lieder an, die er von den russischen Kriegsgefangenen gelernt hat, er kann sie auf Russisch. Er ist ganz benommen, als wäre gar nicht er es, der singt, sondern ein Magier. Und jetzt hört er, dass das verzauberte Fräulein in den Gesang einstimmt, wie ein leises Echo, manchmal trillert sie sogar dabei. Und Tir verstummt vor Ergriffenheit, schüttelt von Glück berauscht nur den Kopf, soll sie doch trällern, Almafin mit den goldenen Schuhen. Den Speck, der ins Feuer tropft, hat er ganz vergessen; ach, die Liebe ist ihm also gnädig gewesen, eine im Seidenkleid ist zu ihm gekommen und hat ihn aufs Auge geküsst. Plötzlich schüttelt er sich vor Wut: Und diese wunderschöne Frau haben sich die Lumpen aus dem Stadtwäldchen zu verspotten getraut. Tir springt auf und verpasst der Luft einige Fausthiebe.

»Du Gauner«, sagt er in wildem Ton, und Almafin blickt ihn erschrocken aus dem Bett an. Zum Glück rücken ihm die kraftvollen Bewegungen den Verstand wieder zurecht. Er richtet sich auf und wendet sich ans Fräulein. Der gelbe Kerzenschein leuchtet neben dem Bett wie ein Mond, das Fräulein hat bereits ihren Hut abgenommen und winkt ihm damit zu, wobei die bunten Federn wippen.

Und so vergehen die Stunden. Langsam. Die roten Hähne erwachen allmählich und scheuchen mit ihren matten Flügelschlägen die Sonne zum Himmel hinauf.

Tir steht bereits reglos, mit gekreuzten Armen vor dem träumenden Fräulein. Er hat sich sogar zwei Ziegelsteine unter die Füße gelegt, um größer zu erscheinen, damit sein Schatten an der Wand noch imposanter wirkt.

»Du bist der Gast von Wu Peifu, dem chinesischen Heerführer«, sagt er mit leiser, tiefer Stimme und steht noch eine Weile auf den beiden Ziegeln in der Morgendämmerung. Die Fee will nicht erwachen. Auf dem Herd kocht schäumend die Milch.

Schließlich muss er sie wecken. Zunächst gibt sie sich trotzig, beim Anblick der frischen Milch lächelt sie jedoch wie ein Baby.

Tir streichelt ihr vertraulich die Hand. »Und was für ein Festmahl es erst heute Abend geben wird!«

Almafin nickt still, schließt ihre wunderbaren Augen und schläft wieder ein. Wie erschöpft die Arme doch sein muss. Aber Tir wird sich schon darum kümmern, dass sie wieder zu Kräften kommt.

Ja, das wird er, aber jetzt schlagen die Glocken vier Uhr! Und der Heizer muss aufbrechen. Mehrmals macht er an der Tür wieder kehrt, um sie zu wecken und ihr zuzuflüstern: »Schönes Fräulein, warte bis zum Abend auf mich.«

Sie wird auf mich warten, sagt sich Tir und tritt auf die nebelige Straße hinaus. Jetzt bedauert er, dass er kein großes Schloss an seiner Tür hat, dieses eine Mal würde er sie gerne bis zum Abend verschließen.

Als er am Abend heimkommt, ist Fräulein Almafin tatsächlich bereits gegangen. Mangels eines anderen Schreibutensils hat sie mit Asche aus dem Ofen an die Wand geschrieben: »Merci«.

Tir, der mit Speisen und Getränken für ein Festessen bepackt gekommen ist, flucht zunächst, dann zuckt er verbittert die Schultern, und als er des Schimpfens über die Frauen überdrüssig geworden ist, seufzt er nur noch. Schweren Herzens besieht er sich immer wieder die Buchstaben an der Wand: »Merci«. Die Tinte des Fräuleins ist zwar Ruß gewesen, ihre Schrift ist dennoch spitz und fein. Dieses »Merci« ist die Schrift einer Dame, eine Erinnerung an sie. Es wird ihm vielleicht nutzen, wenn die Streuner bei ihm hereinschneien. Er wird sich geheimnisvoll schweigend ihre albernen Prahlereien anhören, warten, bis sie sich gründlich ausgelogen haben. Zum Schluss wird er jedoch aufstehen, um mit der Kerze das mysteriöse Wort an der Wand zu beleuchten: Merci.

Und dann wird er das zauberhafte Märchen erzählen.

Ob es nun schmerzt oder nicht: Man muss es wie ein Mann nehmen. Wenn sie gegangen ist, ist sie nun einmal nicht mehr da, oder? Vielleicht kehrt sie ja wieder zurück. Vielleicht ist sie ja gar nicht fort, sondern hat sich nur versteckt. Will mit dem Festessen noch ein wenig warten. Tir betrachtet das Flackern der Kerze, Stunde um Stunde vergeht, und irgendwann hängt er zunächst eine rote Laterne auf, dann eine gelbe. Auch wenn das Fräulein nicht zurückgekehrt ist, wird man ja wohl noch feiern dürfen. In hungriger Begeisterung packt er den Schinken aus, schneidet das Weißbrot auf, legt traurig-fröhlich den Kopf in den Nacken und verschlingt eins nach dem anderen, wie ein ausgehungerter Hund die großen Fleischstücke. Schließlich knurrt er zufrieden.

Plötzlich muss er grinsen, schlägt sich auf den nun runden Bauch und ruft:

»Oh, die dumme Frau!«

Lachend nimmt er die Weinflasche, schlägt den Kopf ab, schenkt sich beide Gläser ein, und trinkt sie leer, dass es ihm in der Kehle prickelt.

»Ach, du mit den goldenen Schuhen«, singt er, »sollst du doch verrecken.«

Erst später, als er schon beschwipst ist, denkt er daran, dass sie noch zurückkommen könnte. Er wird sich wieder auf die Ziegelsteine stellen müssen und sich groß zeigen, riesig. Zwei Ziegelsteine sind aber doch zu wenig für ein Denkmal.

Sollte das wirklich ein Hindernis sein? Als könnte man nicht alle Ziegel des Zimmers herausbrechen. Und genau das tut er. Er stapelt sie aufeinander zu einem schönen Block. Dieser wird immer größer, er wird nur hinaufsteigen und die Arme überkreuzen müssen – und schon steht hier das bis zur Decke reichende Denkmal für den chinesischen Kämpfer.

Reglos und stolz steht Tir im Morgengrauen, und würde Almafin, die Schlange, zurückkommen, würde sie ihn so antreffen. Und die Untreue würde nur einen kurzen Satz zu hören bekommen, nicht mehr:

»Weh dir, Almafin, hier steht Wu Peifu, der Herrscher der Welten!«

15

Es war erst Oktober, aber es kündigte sich ein früher Winter an. Die Sonne glich einer großen Kerze, die hinter dem beschlagenen Fenster des Nebels vollkommen abgebrannt war.

Eines Morgens nahm Tir den zerschlissenen Wintermantel von seinem Bett und zog ihn an. Der Mann, der mit Feuer arbeitete, fror.

Er hatte in der Zeitung gelesen, dass es in Europa bereits überall schneite. Die großen Schneewolken waren als weiße Wale über den Himmelsozean hierhergezogen. Und unter ihnen kam, wie ein ergrauter Jude, bald das große israelitische Fest.

Tir befürchtete, dass es am Versöhnungstag Schnee und Eis geben und das christliche Weihnachten schwarz ausfallen würde.

Der wütende Heizer dachte während seiner morgendlichen Wege nicht mehr über die Ereignisse in China nach: Ihn interessierte die Schauspielerei, die Komödie, in der man, wenn es die Rolle verlangte, einen Dolch ergreifen und ihn ohne Weiteres einem König ins Herz stoßen konnte. Wenn es sich bei den Zuschauern um Banausen handelte, würden sie sich das mit größter Lust ansehen und den Mörder mit reichlich Beifall bedenken. Und dann war es ja auch nicht ausgeschlossen, dass er (falls er sich als Schauspieler bewährte) auf den Brettern wieder dieser Almafin mit den goldenen Schuhen begegnen würde, die (Schande hin, Schande her) zu einer Liebe veredelt oft in seinen Träumen auftauchte.

In diesen Oktobertagen wurde im Phönix wegen des starken Luftzugs bereits bei geschlossenen Fenstern gearbeitet, und so verdichteten sich der Dampf des Benzins, des Burmols, des Chlors, des Wassers und das lärmende Rattern der Maschinen in den kleinen Räumen, was alle Arbeiter nervöser machte. In den dunklen Zimmern brannte den ganzen Tag lang das Licht, sodass es ihnen vorkam, als schufteten sie in ewiger Nacht.

Seitdem Taube sich nicht mehr um den Betrieb kümmerte, hatte sich Novák in einen Pascha verwandelt; er stand faul, mal an diese, mal an jene Wand gelehnt, zog an seiner prachtvollen Zigarettenspitze und scheuchte Motyó, den Waschjungen, so viel herum, dass der arme Bauernjunge inzwischen ganz blass und bis auf die Knochen abgemagert war. Die einfache Seele wartete nur auf den Frühling, um wieder auf die Felder gehen zu können, auf den Acker, wo man – wie er es in der Mittagspause immer wieder sagte – gedieh wie der Weizen.

Auch Angelov war blasser geworden: Er musste nun allein die Arbeit erledigen, die er bisher gemeinsam mit Novák verrichtet hatte. Seit Wochen arbeitete er jeden Tag bis in den späten Abend. Und es gab so viele Aufträge zum Färben von Trauerkleidung wie noch nie: In der Stadt wütete die Spanische Grippe.

Es quälte ihn sehr, dass man seinen Lohn nicht erhöhte, obwohl er die Arbeit von zwei Menschen versah. Aber auch sonst hatte seine Hoffnung viele Brüche bekommen, er wusste keine Antwort auf die Fragen, weshalb er lebte und wer ihn brauchte.

Wenn es ihm manchmal gelang, sich in seine Arbeit zu vertiefen, und er am Ende des Tages ganz erschöpft war, wollte er nur noch weg; doch man brachte ihm immer neue Berge von Wäsche, und es wurde fast Mitternacht, bis er sich nach Hause schleppen konnte.

Am Morgen erwartete ihn alles wieder wie gewohnt: Zuerst musste die Weißwäsche gewaschen werden, dann die helle Wäsche, die blaue und schließlich die schwarze. Am Nachmittag färbte er nach Muster und am Abend die Trauerkleidung.

Eines Vormittags kam Tir zu ihm und deutete grinsend auf den Hof. Angelov folgte langsam seinem Blick. Er neigte den Kopf ein bisschen zur Seite und musste ebenfalls lächeln.

Mitten auf dem Hof stand ein seltsamer kleiner Junge mit dünnen Knochen, der, als hörte er aus den Wänden Musik erklingen, plötzlich zu tanzen anfing, sich über den gesamten Hof im Kreis drehte und schließlich ganz plötzlich wieder stehenblieb. Auf dem Kopf trug er einen bunten Papierhut, in der Hand hielt er ein Schwert, um den Hals hing ihm ein kleines goldenes Kreuz.

Das Kind musste erst kürzlich hierhergezogen sein, zuvor hatten sie es nie gesehen.

Tir winkte ihm zu, Angelov tat ihm nach.

Das Kind näherte sich den beiden Arbeitern vorsichtig, auf Zehenspitzen, und beäugte sie aus einer Entfernung von einigen Metern. Tir sah durch den Kohlestaub aus, als habe er schwarze Haut, und Angelov war blass und blond wie ein junger Prinz.

Er war bereits am Fenster.

»Na, Kleiner«, sagte Tir zu ihm, »wessen Sprössling bist du denn?«

Der Junge beugte sich nach vorn, als ob er taub wäre, schüttelte den Kopf und legte den Finger auf die Lippen. Er war stumm.

Jetzt zog er die Augenbrauen zusammen, als ob ihm etwas missfiele, machte ein wütendes Gesicht und streckte ihnen sein Schwert entgegen. Als Antwort kam über Angelov und Tir hinweg eine Eimerladung eiskaltes Wasser durch das Fenster geschwappt: Novák war hinter sie geschlichen und hatte es auf das Kind gekippt.

Der Junge rannte davon, blieb stehen und beobachtete, wie das Wasser seine Kleidung hinunterlief. Und dann nahm er, als sei nichts geschehen, erneut seinen Tanz und den wilden Schwertkampf gegen die Luft auf.

Erst als Angelov gegen elf Uhr gerade mit reiner Seifenlauge arbeitete, kam der Junge zurück und klopfte wieder leise ans Fenster. Eine ganze Schar riesiger Seifenblasen schwamm gerade zum Abfluss am Ende des Waschtischs. Angelov öffnete das Fenster, und das Kind zerstach sie alle mit seinem Schwert.

Das fand jedoch auch bald ein Ende. Aber der kleine Narr wollte sich bei Angelov noch für den Spaß bedanken. Er wusch einen kleinen weißen Stein am Wasserhahn auf dem Hof ab, küsste ihn und warf ihn Angelov mit einem Lächeln zu.

16

An diesem Morgen ist der Himmel gelb, es weht kein Wind. Die Luft ist dicht wie das gallertartige Innere der Qualle, und sie phosphoresziert geheimnisvoll. Einige stumme Stunden und der Schnee ist da!

In der Császárok utca sind die Rollläden noch heruntergelassen, die Geschäfte schlafen. Um halb sechs geht der jüdische Zeitungsverkäufer schnaufend und hinkend die Straße entlang: Aus seinen näselnden Rufen, mit denen er für die Zeitungen wirbt, hört man die Verzweiflung des Krüppels heraus.

Auch Tir biegt mit düsterer Miene um die Ecke. Er kauft bei dem Alten wie üblich eine Zeitung, geht dann aber weiter, ohne, wie sonst, noch ein wenig zu scherzen: Der Himmel ist hässlich, die Seele droht, unter ihm zu ersticken. Und als er die Zeitung durchblättert, stellt sich heraus, dass außer einem oder zwei Raubmorden nichts in der Welt geschehen ist. Tir lässt der abgenutzten Eingangstür des Phönix ein ausgiebiges Gähnen zuteilwerden. Was für eine eisige Fratze die Glastür doch hat!

Dann betrachtet er den Himmel. Die Haubitzen der himmlischen Armee werden gleich losdonnern, und dann werden der Schnee und das Eis auf die elende Menschheit niederprasseln. Im Märchen sagt man: Im Schnee fallen Engel. Tir sieht jedoch ein ausschließliches Übel in ihm: Geschmolzener Matsch, der in die Schuhe fließt, kalte

Zimmer. Ja, ja, durch die Fenster der königlichen Zimmer betrachtet ist der Schneefall gewiss etwas anderes, von dort aus könnte er ihn sich auch von früh bis spät ansehen.

Überhaupt, was sind die Winter in letzter Zeit überhaupt noch wert? Vielleicht wird er aus Gewohnheit auch dieses Jahr einen Schneemann bauen, ihm große Kohleaugen einsetzen und mit einem Stück Glut ein Herz in die Brust brennen. Vielleicht.

Mit einem Sprung, weg von den Wintergedanken, landet er ganz woanders: Wo steckst du, Almafin, du Schlange? In welchen Keller bist du gestern hinabgestiegen und bist mit einem »Merci« wieder verschwunden?

Wie gut es die Frauen haben. Sie machen sich zurecht, setzen einen Federhut auf, werden zu Damen, pinseln sich ein bisschen Röte ins Gesicht, zwinkern kokett. Und schon sagen die Herren mit den Lackschuhen: »Hier, bitte, mein Herzblatt, da hast du meine Brieftasche.«

Aber, wenn er als Frau geboren worden wäre, wäre er genauso geworden. Er muss lachen: »Ich wäre erst recht so!«

Und als er sich das genau ausmalt, schwillt sein Lachen so an, dass es kaum durch seinen Mund passt.

Um halb sieben kommt Angelov und grüßt leise. Er ist nicht ausgeschlafen. Eine Nacht reicht für einen Arbeiter des Phönix nicht aus, um sich auszuschlafen. Selbst der Sonntag, den die meisten, zusammen mit den Nächten davor und danach, am liebsten ebenfalls durchschlafen würden, reicht nicht aus. Man müsste eine ganze Jahreszeit lang schlafen. Einen Frühling über. Oder noch besser einen Winter über. Das wäre genug.

»Guten Morgen«, sagt Angelov und seufzt. »Ich bin früher gekommen, ich habe heute wieder viel zu tun. Könnte ich schon ein bisschen Dampf bekommen?«

Er setzt sich auf den viereckigen Stuhl des Heizers; seine blauen Augen versinken in den Augenhöhlen, und als er seine Hände ausstreckt, um sie zu betrachten, zittern sie ganz nervös. Er besieht sich die tanzenden Finger und bemerkt selbst gar nicht, dass seine Lippen ebenso beben. Plötzlich springt er auf, als hielte er diese enorme Kraftlosigkeit nicht mehr aus, als wolle er hinausrennen, zurück ins Bett, schlafen.

Mit verstörtem Gesicht eilt er hinaus ins Freie, zu den gelben Messingkesseln. Hier empfangen ihn Berge von Trauerkleidung, die darauf warten, gefärbt zu werden. Das Ergebnis der Spanischen Grippe. Die Häuser dröhnen vom unaufhörlichen Niesen, das ächzende Klagen der Fiebernden fliegt beim morgendlichen Öffnen aus den Fenstern auf die Straße hinaus. Und der Himmel blickt gelb und stumm auf die erkrankte Stadt hinab.

Erschöpft wühlt Angelov in den Kleidungsstücken herum. Als würde der Himmel, der fast auf die Erde sinkt, seine Hände hinunterdrücken. Vielleicht wird es am Nachmittag schneien. Dann wird die Welt schöner, der Lärm gedämpft, und an den müden Augen der Menschen werden die Schneebälle der Kinder vorbeisausen. Angelov erinnert sich an seine eigene Kindheit: Wie weit diese zurückliegt, dabei ist er doch erst einundzwanzig Jahre alt! Nur hat von den einundzwanzig Jahren zehn die Wäscherei verschluckt. Seine Seele ist ein Skelett, das sein Fleisch verloren hat: Eine Erinnerung an einen Menschen ist sie, aber nicht dessen Leben. Schon so oft hat er sterben wollen. Einundzwanzig ist er, und schon so oft hat er den Tod ersehnt. Und er lebt noch immer, allein, unter der Obhut der tauben Wirtin, ein Gedanke, bei dem es ihn schüttelt. Und er rührt Tag für Tag in der Färbebrühe der Trauerkleidungen, nimmt samstags sein Gehalt entgegen, mit dem er gerade so auskommt. Warum also bringt er sich nicht um? Tut es ihm etwa leid um den Seifeneimer, um die Bürsten, um das dampfende Phönix? Was hat er denn vom Leben noch zu erwarten? Drei Worte: »Umkommen sollst du!«

In diesem Moment knistert es in der Dampfleitung über ihm. Die Dankbarkeit, die er Tir gegenüber empfindet, lässt ihm Tränen in die Augen steigen. Ja, hier gibt es diesen Tir, allein schon für ihn lohnt es sich zu leben. Oder sollte man mit ihm aus diesem elenden Land fliehen?

Er schließt die Augen. Wie gut es ist, durch einen Sturm zu gehen, das Brausen des Windes um die Ohren. Als wäre man ein Held. Wie schlecht es dagegen ist, ein Arbeiter zu sein, der Überstunden machen muss. Sein rechter Arm schmerzt noch von gestern, der linke hängt an ihm herab wie ein Stück Kantholz. Er wirft einen Blick in sein offenes Hemd. Die Rippen zeichnen sich unter der blassen Haut ganz deutlich ab. Von der Plackerei ist er ganz kahl geworden, er hat sein Fleisch verloren, wie die Bäume im Herbst ihre Blätter verlieren. Diese leichte Röte an seinen Wangen ist vielleicht schon die Blume des Rostes.

Er lässt Wasser in den großen Kessel laufen. Langsam legt er die Kleider hinein, zählt sie. Jedes Kleid steht für einen Trauernden. Er betrachtet die Blechdosen im Färberschrank: an den Rändern sieht man die bunten Anilinfarben. Wenn sich der Färbelöffel nähert, stehen sie vor ihm stramm. Er kann handeln wie der Tod und die Kleider in Trauerfarben tauchen, oder wie der Frühling den Seidenstoffen ein zartes Grün verleihen.

Tir kommt zu ihm.

»Ich habe die Nacht von Fröschen geträumt«, sagt er. »Das bedeutet nichts Gutes. Sogar mein Herz bestand aus Fröschen.«

Angelov hatte ebenfalls einen schlechten Traum:

»Ich habe in einem eisigen Brunnen gehockt, völlig nackt. Als ich schon fast erfroren war, entdeckte ich einen grünen Grashalm, der in einer Wolke wurzelte. Stellen Sie sich vor, ich hielt mich daran fest, und es dauerte bis zum Morgen, bis ich es unter großer Angst schaffte hinauszuklettern.«

»Das Entscheidende ist, dass Sie nun draußen sind«, sagt Tir, »und für die Angehörigen der Leichen die Kleidung färben können. Ist der Dampf gut?«, fügt er noch blinzelnd hinzu.

Angelov deutet auf den großen Kessel, in dem das Wasser gerade zu kochen beginnt. »Er ist einwandfrei«, antwortet er.

Und schon steht er wieder allein da, mit den beiden Färberstäben hinter dem schwarzbrodelnden Kessel, und hebt die dampfenden Kleider heraus. Manchmal werden sie von der warmen Luft aufgebläht, was aussieht, als stoße der Arm oder der Oberschenkel eines Menschen durch die Oberfläche der Trauerfarbe. An einer anderen Stelle bläht sich ein runder Rücken auf. Als Angelov mit dem Färberstab hineinsticht, wölbt sich der Kragen des Mantels in die Luft und die Vision verflüchtigt sich.

Der Kessel stimmt sein summendes Lied an, denn die Luft ist kühl. Der Dampf wird niedergedrückt, wie Schornsteinrauch vorm Regen, Angelov ist ganz darin eingehüllt, er muss ihn mit den Armen zerschlagen, wenn er etwas sehen will.

Er überprüft gerade, ob die schwarze Farbe dunkel genug ist, als Novák hereinkommt. Dieser trägt Lackschuhe, in seinem Knopfloch steckt eine verwelkte Nelke. Er verströmt den Geruch von Alkohol. Nervöse Anspannung verbirgt sich in seinen Zügen, eine Wut, die ausbrechen will.

»Guten Morgen«, grüßt ihn Angelov.

»Na, sag, warum färbst du die Trauerkleidung? Wer hat dir das gesagt?«, fragt Novák.

Angelov sieht ihn überrascht an:

»Du hast es gesagt. Deshalb bin ich früher gekommen.«

Novák schüttelt sich.

»Ach was, du willst auch nur, dass ich mich aufrege.« Dann sagt er noch ein paar unschöne Sätze über Frauen und wirft die Tür hinter sich zu.

Angelovs Ruhe, die der Dampf und die Musik des Kessels erzeugt haben, ist zerbrochen. Seine Bewegungen werden hastig, und von dem unterdrückten Ärger erbleicht und errötet er im Wechsel. Er tritt unruhig auf der Stelle und macht den Eindruck, als würde er im nächsten Augenblick mit erhobenem Stab hinausrennen, um Novák damit einen Hieb zu versetzen. Er zittert und ringt um Atem, würde sich am liebsten die Brust zerreißen, doch dann, auf einmal springt er brüllend zur Seite, denn das kaputte Ventil hat sich geöffnet, die schwarze, kochende Farbe schwappt in Wellen aus dem Kessel, in seine Stiefel.

Dumpf klagend greift er nach dem Dampfhahn und schließt ihn mit einer Hand, um die er einen Lappen gewickelt hat. Dann springt er zurück und reißt die Stiefel von den Füßen. Als er sie wegwirft, läuft, wie ein kleiner Bach, die feurige Farbe aus ihnen. Seine Füße sind völlig verbrüht. Das hat ihm noch gefehlt.

Er hinkt auf einem Bein zum Heizer, die Schmerzen treiben ihm die Tränen in die Augen.

»Öl, Tir, Öl«, ächzt er. Seine verbrühten Füße dampfen schwarz und rot, und Tir gießt eine halbe Kanne Öl darüber. Das Öl läuft auf den Boden, bis zur Glut, die aus dem Heizkessel gesprungen ist. Auf der Glut brennt eine kleine Flamme, die das Öl auflodern lässt. Der Ölstreifen fängt Feuer, beginnt gleich zu stinken, und das Feuer gleitet wie ein glänzender Faden bis dorthin, wo Angelov sitzt.

Tir hebt den hilflosen Angelov hoch und trägt ihn zum anderen Ende des Kesselhauses. Von dort aus sehen sie zu, wie die Flammen die Seite der Ölkanne ansengen, die immer noch am Boden steht, aber es gelangt kein Feuer hinein.

Der Rauch ist stark, der Geruch beißend. Novák kommt angerannt, bleibt wütend in der Tür zum Kesselhaus stehen und brüllt, dass ihm die Adern am Hals hervortreten, sein Gesicht ist blutrot, die Augen drohen herauszuspringen.

»Ihr verdammten Mistkerle«, brüllt er, »Brandstifter!«

Angelov setzt die Füße wieder auf den Boden. Er hinkt zu Novák und zeigt ihm seinen Fuß:

»Ich habe mich verbrüht.«

Novák wirft einen Blick auf den Fuß und lächelt gallig.

»Du Rindvieh«, sagt er, »du bist echt ein wahrer Segen!«

Er winkt ab und geht. Angelov stützt sich auf Tirs Schulter. Man beschimpft ihn, statt ihm das Bein zu verbinden oder ihn heimzuschicken. Novák ist wie ein Verrückter: Bestimmt hat er sich mit seiner Freundin in die Haare gekriegt, und dafür geht es nun im Betrieb rund.

Weshalb ist nun auch noch das passiert, wo ihn in letzter Zeit doch so schon so viel Leid getroffen hat? Und dann ist auch Novák zu seinem Feind geworden und wird ihm keine ruhige Minute mehr lassen. Er wird ihn jetzt, im Winter, wo es doch in dem Beruf nirgends Arbeit gibt, aus dem Phönix werfen lassen. Wenn er diese Stelle verliert, wird er hungern und herumstreunen müssen.

Tir schimpft leise über Novák und verbindet Angelovs Fuß mit seinem Taschentuch. Dann eilt er zu den Büglerinnen und holt neuen, weichen Flanell, um die Stiefel auszupolstern.

Angelov versucht ein paar Schritte zu gehen: Er hat starke Schmerzen, trotzdem hinkt er hinaus zu den Kesseln. Das Färben der Trauerkleidung muss abgeschlossen werden. Ächzend hebt er die mit der Flüssigkeit vollgesogenen, schweren Mäntel in die Höhe.

Nach dem Färben erwartet ihn die Waschküche; schon schrubbt er die gelben Dauben der Spülbottiche und bereitet das lauwarme Spülwasser vor. Er verlagert sein Gewicht abwechselnd von einem Bein aufs andere und zieht manchmal, wie ein Storch, eines hoch, während sich die Scheuerbürste unermüdlich auf und ab bewegt.

Gegen zehn kommen Novák und Frau Simon eiligen Schrittes herein. Über Nováks Arm hängen gelbe Servietten, und Frau Simon winkt Angelov mit einer großen Tischdecke zu, die um einige Töne heller ist.

Sie sprechen gleichzeitig. Novák starrt sie wütend an, sie zuckt die Schultern und redet erst recht weiter. Ja, sie nimmt Novák sogar die Servietten aus der Hand und hält sie Angelov hin, zusammen mit der Tischdecke.

»Das gehört alles der Baronin. Es muss spätestens heute Nachmittag um drei fertig sein. Waschen Sie so viel Farbe aus den Servietten heraus, dass sie genauso aussehen wie die Tischdecke.«

Sie blickt Novák triumphierend an: Auch sie kann die Arbeit anordnen, nicht nur der neue Betriebsleiter.

Novák lächelt fahl und entfernt sich würdevoll.

Frau Simon dreht sich nach ihm um.

»So ein Bauer«, will sie rufen, doch zu hören sind nur drei leise Worte. Sie zerrt Angelov nervös am Arm.

»Stimmt's, Sie können es doch machen? Sie werden es doch bestimmt nicht verpatzen?«

Angelov denkt nach. Man muss sehr viel Farbe aus den Servietten waschen, die Tischdecke ist ungefähr um vier Töne heller. Aber er will es versuchen.

Das einfache Auswaschen mit Seife hilft nicht. Es in heißem Wasser zu waschen, hilft auch nicht, denn es ist Baumwolle, die nicht so leicht Farbe lässt. Was könnte man denn noch machen? So etwas ist ihm noch nie vorgekommen.

Es klopft am Fenster. Er schreckt zusammen und dreht sich um. Es ist der kleine Junge aus dem Haus, der Angelov mit seinem Holzschwert bedeutet, auf den Hof zu kommen, um mit ihm zu spielen. Angelov schüttelt traurig den Kopf: Jetzt nicht.

Der Junge schaut ihn trotzig an: »Doch, komm jetzt«, scheint sein Blick zu sagen, und er rüttelt am Fenster. Und weil Angelov immer wieder den Kopf schüttelt, zieht der Junge das Schwert einmal schwungvoll übers Fensterglas und galoppiert davon.

Angelovs Gedanken drehen sich im Kreis. In Pirouetten bewegen sie sich von einer Chemikalie zur nächsten und fragen sich bei jeder: Was kann man mit dieser machen? Und zwar schnell, denn um drei muss die Wäsche geliefert werden. Warum nimmt diese Frau Simon auch nur solche Aufträge an!

Novák beugt sich, die Arme überkreuzt, zu ihm:

»Kriegst du es hin?«, fragt er und sieht ihn mit seinem glühenden Blick an.

»Natürlich«, ruft Angelov gereizt, »natürlich kriege ich es hin«, wiederholt er und dreht Novák den Rücken zu.

Was kümmert es ihn schon, was geschehen wird, der Spott dieses Gauners ist einfach nicht zu ertragen. Er brüllt jeden an, an die Lehrlingsmädchen verteilt er Ohrfeigen, die Alten beschimpft er als Idioten, er ist wie der Teufel: Er lockt Menschen heran, um sie dann wieder wegzustoßen, und lässt sich den ganzen Tag lang eine Gemeinheit nach der anderen einfallen.

Angelov verspürt einen starken Druck an der Schulter. Novák grinst ihn an.

»Dann mach es, mein Freund.«

Durch diesen höhnischen Ton gerät Angelov, der nun völlig auf sich selbst gestellt ist, durcheinander. Er runzelt die Stirn. Denken wir nach, sagt er sich. Der Baumwolle entzieht man die Farbe durch Ammoniaksoda. Er lächelt vor Freude: Ich habe es, Herr Novák, ich habe es! Er füllt schnell zwei Eimer mit heißem Wasser und gibt fünf Handvoll Ammoniak dazu. Mit diesem milchigen warmen Wasser bürstet er rasch die Servietten, spült sie anschließend in heißer Seifenlauge, und tatsächlich hat die Kraft des Gelbs ein wenig nachgelassen.

Erneut klopft es am Fenster. Der Junge möchte sich versöhnen und bedeutet ihm lächelnd, hinauszukommen. Angelov winkt ihm fröhlich zu: Ein bisschen musst du dich noch gedulden, dann komme ich.

Er ist ganz in der Arbeit versunken: Es sind zwanzig Servietten, mit denen er nach einigen Minuten fertig ist. Da kann ihn Novák noch so spöttisch aus der anderen Ecke beobachten. Soll er doch den dicken Rauch aus seiner Zigarettenspitze aufsteigen lassen; die Servietten sind heller geworden, und als Frau Simon kommt, um sich zu erkundigen, hat Angelov sie bereits in die Wäscheschleuder gegeben.

»Gnädige Frau, es ist gut geworden, ich gebe sie Ihnen gleich«, sagt er und schaltet die Schleuder aus.

Als die Zentrifuge kreischend zum Stehen gekommen ist, greift Angelov hinein, zieht eine Serviette heraus und schüttelt sie aus. Dann holt er erschrocken eine andere heraus, und sieht, dass alle voller grüner Flecken sind.

»Was haben Sie damit angestellt?«, fragt Frau Simon ganz außer sich. »Mein Gott!«

Novák, der immer noch in der Ecke steht, hat das offenbar erwartet und lacht unverhohlen auf. Ach, dieser Teufel: Er wird wohl auch anderen zugeraunt haben, dass hier wieder etwas falsch gemacht wurde! Denn es taucht ein Kragenmädchen nach dem anderen auf, alle grinsen sie demonstrativ und blicken abwechselnd auf die Servietten und zu Frau Simon.

Auch Tir steht bestürzt in der Tür, kratzt sich verzweifelt am Kopf, schnauft mehrmals hörbar und geht wieder hinaus. Angelov wird aber auch vom Unglück verfolgt. Wieder wird der teuflische Novák die Sache in Ordnung bringen, zuerst wird er den armen Jungen aber noch endgültig erledigen.

Angelov kommt es so vor, als wäre sein Gehirn auf die Größe eines Stecknadelkopfes geschrumpft. Er kann keinen Gedanken mehr fassen. Offenbar leben nur noch seine Augen, die zwischen den Servietten und Frau Simons hängenden Mundwinkeln hin- und herwandern.

Und er meint Nováks hartes Gelächter immer lauter aus dem Trubel des Betriebs herauszuhören. »Gleich springe ich ihm an die Kehle«, denkt Angelov, doch dann tritt Novák an ihn heran und rät ihm mit freundlicher Miene, die Servietten an die Luft zu hängen, vielleicht lässt das ja die Flecken verschwinden.

»Weißt du, womit diese Servietten gefärbt sind?«, fragt er überheblich.

»Nein«, gesteht Angelov nervös.

»Denk mal nach, ob du nicht schon irgendwo etwas darüber gelesen hast.«

Angelov schüttelt den Kopf.

Das beruhigt Novák sichtlich. Er kann es Angelov getrost verraten, dieser wird ohnehin nichts damit anfangen können.

»Weißt du, mein Freund, sie wurden mit Schwefel gefärbt.«

Meine Damen und Herren, Sie haben es doch alle gehört: Novák hat seinem Freund verraten, dass diese Servietten mit Schwefel gefärbt wurden. Das ist zwar eine Grundkenntnis, trotzdem hätte es ein anderer Färber nie verraten. Es handelt sich also um Schwefel, nun, Angelov, wirst du es doch wohl in Ordnung bringen können.

Angelov hängt die Servietten wie benommen an die Luft. Vielleicht hilft es. Schwefelfärbung, Schwefelfärbung, wiederholt er sich, aber er hat nie etwas darüber gelesen. Er ist jetzt sogar noch unsicherer als zuvor. Denn womöglich ist bei Schwefelfärbung ja genau das falsch, was er für richtig gehalten hätte.

Es ist gleich Mittag, aber Angelov ist immer noch nichts Kluges eingefallen. Und die Arbeiterinnen sehen ihn jetzt schon mit dem gleichen Blick an, mit dem sie damals Rusz angesehen haben, den alten Waschmeister, den die dreißig Seidenhemden Kopf und Kragen gekostet haben. Sie betrachten sein blasses Gesicht, die Ringe unter seinen Augen und den hängenden Kopf. Eigentlich haben sie gar nichts gegen ihn, anders als damals gegen Rusz, aber trotzdem: Was für ein Färbermeister ist er denn, wenn er es nicht hinbekommt.

Und den strahlenden Novák halten sie für einen Magier. Er wird es wieder in Ordnung bringen, er ist des Teufels Kumpan, er stößt mit ihm an, wenn sie gemeinsam Mädchenblut trinken. Davon hat er auch diesen Feuerblick.

Sie belauern Angelov wie die Hunde das Wild, damit es auf jeden Fall vors Gewehr des Jägers kommt; sie laufen vor der Tür des Kesselhauses auf und ab, spähen durch die Tür auf das blasse Gesicht, die zögerliche Hand, die die Gabel mit ein paar Fäden aufgewärmten Griesnudeln so hält, als wollte sie die Bissen der Luft in den Mund schieben. Jede seiner Bewegungen ist jedoch so weit entrückt, als wollten seine Glieder fortziehen, jedes einzeln, und die weinenden blauen Augen zurücklassen, die ihnen nachblicken. Tir, der Kamerad, kostet das Essen auch nur mit seinem grünen Blick. Er hat sich die Kartoffelsuppe hingestellt, die Zervelatwurst und das Sauerkraut, ist ihrer aber schnell überdrüssig geworden. Er reißt sich aus seinem traurigen Grübeln, indem er mit wütender, vorwurfsvoller Miene zwischen den Frauen, die über Angelovs Untergang raunen, auf den Hof geht. Mit hängendem Kopf kommt er von den Servietten zurück, die draußen an der Luft trocknen.

»Sie sind grün!«, ruft er. »Zur Hölle mit euch, sie sind grün!« Und er rauscht davon, wie ein König, der sein Land verloren hat, zurück zu den Heizkesseln, und gibt dem roten Feuer Nahrung.

Angelov lehnt sich an die Wand und holt tief Luft, als würde er einen Traum oder einen Duft aus der Ferne aufsaugen. Wenn er doch nur mit dieser Wand hinter seinem

Rücken verschmelzen könnte und die Ziegel ihn auf ewig in sich aufnehmen würden. Es legt sich eine so starke Mattheit über sein Inneres, dass er sich die Ohren zuhalten muss, denn jedes Wort trifft ihn wie ein Nadelstich durchs Trommelfell. Und wenn er die Augen kurz öffnet, erscheint ihm jedes Bild nervös und quälend, sodass er sie lieber geschlossen hält. Es ist, als wäre er inmitten seiner Ängste eingeschlafen; mal errötet er, mal erbleicht er: Im Menschen, der durch die Türen der Taubheit und Blindheit verschlossen ist, toben die wildesten Schmerzen.

Tir steht still vor ihm, bemüht, in ihn hineinzublicken, als ob jeder Schweißtropfen auf Angelovs Stirn ein Vergrößerungsglas wäre. Er streckt die Hand mehrmals nach ihm aus, um ihn wachzurütteln, ihn aus seinen Qualen herauszuziehen, stockt jedoch immer wieder. Ach, Tir kennt diese jämmerlichen Zustände nur zu gut, wenn einen nichts als der Hunger erwartet und der Verlust des Arbeitsplatzes einen trifft, wie den zum Tode Verurteilten das Ablehnen seines Gnadengesuchs. Man muss das Herz toben, das Blut brausen lassen, wie einen angestauten Fluss: Irgendwann lässt das Fieber des Menschen immer nach, und der Wahnsinn wird von seinem langen Veitstanz müde.

»Los geht's«, fiepst eine dünne Mädchenstimme.

»Ja, los geht's«, sagen die anderen, Angelov stößt sich mit dem Rücken von der Wand ab, schüttelt den Kopf und zerstreut somit die hinter seinen geschlossenen Lidern verborgenen Tränen. Er ist noch nicht wach, in ihm ist noch nichts wieder mit der Wirklichkeit verbunden, aber in dem Moment, in dem er sich hinstellt, das schlimmer verbrühte Bein belastet und der Schmerz ihm bis ins Herz hinaufsticht, sieht er sein erbärmliches Leben vor sich.

Und das andere Bein ist durch den Druck des Stuhlrands eingeschlafen. Als würden meine Beine mich nicht gehen lassen, als würden sie mich zurückhalten. Dieser Gedanke bricht wie ein Verhängnis über ihn herein.

Er versucht, den Schmerz und das taube Gefühl zu bekämpfen, indem er langsam auf der Stelle tritt.

»Nur Mut, mein Freund«, flüstert ihm Tir zu.

Angelov geht mit diesem geflüsterten Zuspruch im Ohr zurück und schließt erneut Bekanntschaft mit Bürste und Seife. Er beugt sich zu den Spülbottichen hinunter, holt ein Kleidungsstück heraus, richtet sich auf und wringt es aus. Er ist stark benommen: Seine Gedanken kreisen immer noch um die Frage, ob er, wenn es ihm nicht gelingt, die Stelle zu behalten, sich umbringen oder in den trostlosen Winter hinausziehen soll.

Die Hitze um ihn herum heizt auch ihn auf, die kaputten Wände schwitzen Dampf aus. Das ist das einzige, was er sieht, denn die beschlagenen Fenster haben den Weg zum Himmel verschlossen. Vor ihm erscheinen auf der nassen Kleidung verschwommen Tinten- und Weinflecken, Blutspuren, Dreck. Rechterhand stehen die Flaschen mit den Chemikalien. Er greift nach ihnen und kippt Chloroform, Zuckersäure und Salzsäure auf die Flecken.

Frau Simons schäumende Worte vernimmt er kaum.

»Gleich, gleich«, sagt er, »ich muss noch diesen Fleck entfernen.« Und als die Geschäftsführerin seinen Arm festhält, um ihn zu einer Antwort zu zwingen, dreht er sich unwirsch in die Richtung, in der Novák steht, und sagt:

»Gehen Sie bitte zu ihm, das muss er machen, er bekommt einen höheren Lohn als ich.«

Und als hätte Frau Simon verstanden, dass dieser Mensch ihr nicht mehr wird helfen können, steuert sie um und geht wie eine lächelnde Blume zum hochnäsigen Novák. Man sieht, wie sie die Lippen spitzt, ihn umschmeichelt, mit ihrem Parfüm umhüllt, sich ihm ergibt, ihm womöglich sogar ein Rendezvous verspricht: Hauptsache, er bringt die Sache in Ordnung, denn diese zwanzig Servietten könnten auch sie ins Unglück stürzen, man könnte sie zur Rechenschaft ziehen, warum sie sie überhaupt angenommen hat, und am Ende würde Frau Taube sogar sie noch hinauswerfen.

Mit großen Augen verfolgt Angelov, wie sie Novák hofiert. Novák verhält sich zunächst kühl, als interessiere ihn nur seine Arbeit, er läuft zwischen den Waschmaschinen hin und her, Frau Simon folgt ihm jedoch hartnäckig, bis er stehenbleibt, sie ansieht und lächelt. Sie ergreift nun seinen Oberarm, befühlt seine Muskeln und zieht Novák hinter sich her, als wäre das Ganze nur ein Spiel. Lächelnd verschwinden sie. Angelov stellt sich vor, wie Novák bei den Kesseln angekommen die Ärmel hochkrempelt und zügig mit der Arbeit beginnt; Angelov spürt, dass Novák nun auch die letzte Frau aus dem Phönix bekommt, die Taube nach so vielen Jahren immer noch die Treue gehalten hat. Er sieht, wie die gesamte Dampfwäscherei in Nováks Hände gerät und dieser die Menschen wie Linsen zwischen den Fingern langsam auf den Boden rieseln lassen kann. Und er kennt seinen früheren Freund gut: Der ist voller Misstrauen, voller Hass. Er weiß, Novák wird am Samstag veranlassen, dass ihm sein Arbeitsbuch ausgehändigt wird.

Am liebsten würde Angelov die Arbeit gleich liegen lassen. Er blickt sich um: Alles ist voller Dampf. Als würden Menschen und Maschinen in der Hölle gedünstet werden. Die Wände triefen. Er wischt am beschlagenen Fenster eine handtellergroße Fläche frei und schaut hinaus auf den Hof. Er lässt den Blick zunächst am Erdgeschoss entlangwandern, dann über die Stockwerke hinauf, bis er einen gelben Zipfel des Himmels erhascht. Wenn unsere Augen doch fortgehen könnten, während wir schuften, denkt er. Wir würden arbeiten und sie würden solange über Berg und Tal ziehen. Aber selbst vom Hof muss er seinen Blick zurückholen. Die Flecken fordern es ein, die Flecken, diese stecknadelkopfgroßen Hindernisse.

Nur wer jemals die Aufgabe gehabt hat, Flecken zu entfernen, weiß, was sie bedeuten. Sie müssen auf jeden Fall verschwinden. Mancher kleiner Dreckfleck jagt den Arbeiter durch die ganze Skala der Chemikalien, durch die Vielzahl der Methoden, bis er schweißgebadet und erschöpft ist. Es ist, als würde der Zahnarzt stundenlang versuchen, die im Zahnfleisch verborgene Wurzel zu fassen.

Angelov zittert, er wirft die Bürste weg. Er hält es nicht länger aus. Er will gerade den Seifenbottich ausschütten, als Tir in der Tür erscheint, mit glücklichem, feierlichem Gesicht zum Fenster deutet und sagt:

»Der erste Schnee ist da! Der erste Schnee!« Draußen fallen weiche, dicke Schneeflocken. Überall öffnen sich die Türen, Frauen und Kinder rufen einander zu:

»Es schneit!«

Tir geht hinaus, um seinen schmutzigen Kopf in den Schnee zu halten, und bringt Angelov auch eine Handvoll mit.

Angelov stützt sich auf den Tisch und betrachtet das Schneegestöber. Nach der Unruhe, die die Ankunft des Schnees verursacht hatte, klingt nun alles wie gedämpft, die Menschen rascheln.

Für Angelov bringt der Schnee, das langsame Weißwerden, eine eigene Botschaft. Es hat noch nie so viel

Kummer in ihm berührt wie jetzt. Er muss sich aus der Betrachtung der Flocken herausreißen, um sich einer riesigen, von Wein, Braten, Likör und Zigarettenasche befleckten Kaffeehaustischdecke widmen zu können.

Auf einmal dringt aus der Waschküche der Geruch einer bestimmten Chemikalie zu ihm. Der beißende Geruch des Salmiaks kommt von den Kesseln. Angelov reißt den Mund auf und atmet ihn tief ein. Draußen arbeitet der Teufel bereits mit seiner Substanz. Sie gehört gänzlich ihm, Novák. Die Hölle verdirbt Angelov die Arbeit, damit Novák sie mit Salmiak wieder in Ordnung bringen kann. Angelov sieht es förmlich vor sich, wie die Servietten in Nováks Händen wieder gelb werden, hört, wie Novák flammend auflacht. Und dieses flammende Gelächter dringt durchs Fenster in Angelovs schmerzende Augen, und von da an ist er ein Blinder, der unbeholfen im dampfenden Zwielicht hantiert.

Er hinkt zu der einen Waschmaschine. Er tastet nach dem Chlorbehälter, nimmt ihn und trägt ihn zum Waschtisch. Sein zerquälter Kopf hat bereits den Plan gefasst, nun rollt er auch die Flasche mit der Schwefelsäure unter dem Tisch hervor. All das macht er langsam, wie im Traum. Ihm ist, als rieche er den zerstörerischen, erstickenden Geruch des Gemischs aus Chlor und Schwefel schon, aber er rollt die Flasche weiter, als wäre das Teil seiner Arbeit. Dann breitet er die Tischdecke auf dem Waschtisch aus, ganz so, als wollte er lediglich die Flecken untersuchen. Er sieht die Menschen vor sich, denen die Tischdecke beim Abendessen gedient hat, sieht, wie sie mit ihren Sektgläsern anstoßen. Aus den Gläsern schwappt es heraus, und die ganze Vision verwandelt sich in einen Fleck. Jetzt ist es, als würde sich eine nackte Frau inmitten von Obst auf die Tischdecke legen; diese betrunkene Frau wirft eine Schüssel mit Trauben um, einige werden zerdrückt: weitere Flecken entstehen. Er schlägt mit der Hand darauf, aber die Tischdecke des Festgelages mit ihrem weißen, starren Gesicht, blickt ihn feucht an und raunt ihm blubbernd zu:

»Wähle mich als deine Erlöserin. Schau dir meine Flecken genau an: Wein, Fleisch, Obst, Rost! Schwere, fettige Flecken, mit denen kennst du dich aus. Chlor und Schwefelsäure!« Und die Flecken rufen im Chor: »Weißes Pulver und gelbe Flüssigkeit, zusammen ein tödlich drückender Geruch, gemeinsam werden wir dich befreien!«

Um seinen furchtbaren Gedanken zu entkommen, blickt er auf den Hof hinaus. Draußen flattert, ohne sich von der Erde lösen zu können, einem Vögelchen gleich, im dichten Netz der Schneeflocken, der kleine Junge. Auf dem Kopf trägt er einen hohen blauen Papierhut mit Goldbändern. Die beiden Arme schlagen wie Flügel, denen die Federn ausgefallen sind. Er dreht sich auf dem Hof, als wäre er der Sohn des Windes, der schwache Windjunge, den dieser Hof gefangengenommen hat. Und als würde er mit den Mauern kämpfen, die ihn gefangenhalten, und mit dem Schnee, der auf ihn niederfällt. Entschlossen streckt er sein Holzschwert den Schneeflocken entgegen, und dann, erschöpft vom Kampf, wird er wieder das schwache Kind des Windes, das als Schatten umherkreist, flattert und sich schließlich ermüdet in einer Ecke ausruht.

Jetzt entdeckt er seinen Freund Angelov, der ihn mit fiebrigem Blick beobachtet. Er winkt ihm ein wenig erschöpft zu, er solle hinauskommen.

»Komm«, sagt sein Schwert, das er in seine Richtung schwenkt.

Das Holzschwert übt eine magische Anziehungskraft aus. Als trüge es das Herz des Menschen durch die Wand, sodass dieses in kleinen roten Stiefeln sogleich neben dem Kind tanzte. Und der Körper folgt dem Herzen, drückt die Gitter beiseite und geht geradewegs zu dem Jungen.

Angelov spürt, dass ihn der Zauber ergriffen, sich der Tod über ihn gebeugt hat, um seine letzten Minuten durcheinanderzubringen. Widerstrebend schließt er die Augen, um den glücklichen, unschuldigen Tanz des Jungen auf dem Hof nicht sehen zu müssen, die Lider springen jedoch wieder auf, getrieben vom Fieber der Augäpfel. Und in diesem Augenblick nimmt Angelov den Salmiakgeruch so stark wahr, dass es ihm beinah den Magen umdreht. Auch das hat etwas Geheimnisvolles wie ein Vorzeichen an sich. Als würde der schwere Schweißgeruch eines Drachen dem Helden bereits von weitem verkünden, dass er sich ins Verderben stürzt. Der drachengroße Novák lässt seinen furchterregenden Salmiak in jeden Winkel des Phoenix dringen. Durch ihn lässt er Angelov ausrichten: Das ist dein Ende, man wird dich hinauswerfen, ich habe dich zermalmt.

»Ich gehe«, sagt sich Angelov, hebt den großen Chlorbehälter an den Rand des Fasses und kippt ihn. Dann ergreift er mit beiden Händen die schwere Flasche mit der Schwefelsäure und drückt sie mit den Knien hinauf.

Er zieht den dicken Holzpfropfen heraus: Die Flasche röchelt laut, als die fettige, gelbe Schwefelsäure herausspritzt. Und Angelov lässt die Flasche los, sie fällt beinah ins Fass, bleibt jedoch am Rand schräg hängen. Die Schwefelsäure ergießt sich unter der Oberfläche sichtbar ins Wasser, erweckt durch die Berührung das totenblasse Chlor zum Leben, und der Wasserspiegel zischt beim Aufbrechen des tödlichen Gases.

Um die Lage noch zu retten und seine Tat zu erklären, drückt Angelov die Kaffeehaustischdecke in die Lösung – »Nur deshalb habe ich es getan, klagt mich nicht an, ich hätte diese Flecken mit keinem anderen Mittel herausbekommen« –, und schon beim ersten Einatmen versetzt das Gas seiner Lunge einen Schlag wie ein Stein. Vor Schmerz weiten sich seine Augen, er dreht sich unter Qualen zum Fenster, wo er das an die Scheibe gepresste Gesicht des kleinen Jungen sieht. Stumm spricht der Junge hinterm Glas, stumm winkt er ihm zu: Angelov versucht hastig nach Luft zu schnappen, stattdessen drängt jedoch immer mehr von dem tödlich starken Gas in seine Lunge. Jeder Atemzug ist wie ein Keulenschlag, lässt ihn taumeln, Angelov stürzt.

Einige Augenblicke später ist auch aus der engen Markierkammer Husten zu vernehmen. Man hat keinen freien Notausgang, es muss zunächst eine der Bügelmaschinen zur Seite geschoben werden, um an die frische Luft zu kommen. Motyó, der Waschjunge, hält sich die Nase zu und rennt mit seinen langen Beinen durch die Waschküche hinaus. Auch Tir kann wegen des sich ausbreitenden Gases kaum noch atmen, mit großen Schritten eilt er auf den Hof. Das Geschrei der Fliehenden versetzt das ganze Haus in Aufruhr, die Bewohner fragen erschrocken:

»Was ist los? Was ist geschehen?«

Drinnen fließt über dem ohnmächtigen Angelov aus der grünen Flasche immer noch die Schwefelsäure, sie strömt bereits kräftig aus dem Fass heraus und breitet sich glänzend auf dem Beton aus.

Tir hustet stark, ebenso die jungen Frauen in ihren weißen Kitteln um ihn herum, die sich den Kopf und den Bauch halten. Er sucht instinktiv nach Angelov, rennt vom Entsetzen gepackt über den Hof.

»Habt ihr ihn nicht gesehen?«, ruft er.

»Nein.«

Tir bleibt breitbeinig stehen, holt so tief Luft, als wollte er den gesamten Himmel hinunterschlucken. Er öffnet die Augen weit, um drinnen sehen zu können und rennt mutig ins Gebäude. Man hört draußen nur seinen heftigen Husten. Kaum eine halbe Minute später zieht er Angelov, der leblos zu sein scheint, hinter sich hinaus. In der Mitte des Hofes legt er ihn in den Schnee, reibt sich die Augen und wird erneut von einem schlimmen Hustenanfall gepackt.

Novák und Frau Simon fliehen über den Laden, beiden tränen vom Gas die Augen. Währenddessen legt Tir den reglosen Angelov auf einen alten Wintermantel. Tir – immer nur er – beugt sich über ihn und beginnt mit der künstlichen Beatmung. Novák sieht ihm zu und macht kritische Bemerkungen. Aus dem Treppenhaus strömen die Bewohner, gleichermaßen neugierig wie entsetzt. Viele der Büglerinnen haben ihre heißen Bügeleisen mitgebracht und wärmen sich nun daran die Hände.

Frau Simon schlägt sich gegen die Stirn: Jetzt erst ist ihr eingefallen, Herrn oder Frau Taube anzurufen. Sie müssen unbedingt kommen, jemand habe Selbstmord begehen wollen – könnte das nicht Schwierigkeiten mit den Behörden geben?

Tirs beharrliche Bemühungen erwecken Angelov offenbar wieder zum Leben. Er öffnet die Augen, schließt sie dann aber gleich wieder erschöpft. Er hat das Gefühl, auf einem See aus Glas zu liegen und von langsamen sanft kräuselnden Wellen vorangetrieben zu werden. Links und rechts begleiten ihn stumme Schwäne, aus deren Schnäbeln ab und an Silberdunst strömt. Er sieht auch Wolken:

die Wolken des Traums, der Ferne, der Wunder. Aber die Wellen tragen ihn immer schneller fort. Er schläft, und seine Augen sind aus Marmor. Aber plötzlich bekommt das kalte Auge wieder einen Riss, die dünnen Lider öffnen sich weit und die ausgekühlten Pupillen werden wieder heiß: Er sieht, dass um ihn herum überall Menschen stehen, mit Schneevögeln auf den Schultern, viele von ihnen haben Eisberge als Nasen. Sie flüstern, als zöge der Wind durch ihre Münder, aber dann unterbricht sie eine donnernde Stimme:

»Der unglückselige Kerl hat sich vergiftet.«

»Ist er tot?«, kreischen die Stimmen in ihrer Windsprache.

Der kleine Junge kämpft sich durch die Menschenmenge. Er sieht Angelov auf dem alten Wintermantel liegen, sieht, dass er träge die Augen geschlossen hält. Auf dem Gesicht des Jungen erscheint der Glanz des Glücks: Endlich ist er herausgekommen, um mit ihm zu spielen.

Vorsichtig streckt er sein Holzschwert aus. Ich werde ihn wecken, denkt er. Als Angelov sich bei der ersten Berührung nicht rührt, stößt er stärker gegen seine Brust.

Unter den Zuschauern steht ein Kutscher, in dem Wut aufsteigt. Dieser verdammte Bengel stößt ihm noch sein Schwert in die Brust, wo er doch so schon kaum noch atmet. Er tritt den Jungen, der ins Wanken gerät, auf Angelov fällt und fast tonlos klagend, in der Art eines Stummen, aufstöhnt.

Dumpf spürt Angelov das Gewicht, das auf ihn gefallen ist, und er richtet seine Augen langsam auf den Jungen. Sein Blick ist von Entsetzen erfüllt, denn durch den Sturz bekommt der Glassee unter ihm einen Sprung, Angelov bricht ein und wird von der Tiefe verschluckt. Er reißt beide Arme nach oben, um den Rand zu ergreifen, aber der Strom des schneidenden Glaswassers trennt einen Finger nach dem anderen ab, und es ist, als flössen durch die offenen Glieder sein Blut, sein Leben, seine Kraft aus ihm heraus. Er sinkt, ohne sich zu wehren, und sieht zu einem verschwommenen Loch hinauf, über das sich das weinende Gesicht des kleinen Jungen beugt.

Allein Tir gelingt es, den kleinen Stummen von Angelov wegzuziehen. Er hebt das Kind fort, dieses schlägt um sich, wird aber von denen, die noch entfernter stehen, nach hinten gedrängt.

Tirs Wut ist so stark, dass er morden könnte. Er späht immer wieder zu Novák und knirscht mit den Zähnen. Novák hat zehn Zigaretten in seine Zigarettenspitze gesteckt, steht zwischen zwei Mädchen, raucht und plaudert mit ihnen.

Und vor Tirs flackernden Augen erscheint eine Filmszene, in der ein verrückter, stark behaarter Mann wie ein Eisbär brüllt. Er versucht, dieses Brüllen, das aus ihm herausbrechen will, zurückzuhalten, es gelingt ihm jedoch nicht.

Er heult auf:

»Ui … uii … uiii!« Ihm ist, als würde er über Schneefelder fliegen, als hätte er riesige Pranken und enorme Zähne. »Ui … uii …!«

Er hängt an Novák, sucht mit den Zähnen nach dessen Kehle, aber er trifft sie nicht und Novák schüttelt ihn ab, wirft ihn in den Schnee. Tir greift um sich in den Schnee und wirft diesen blind nach Novák.

Novák steht über ihm, leicht abgewandt, wischt sich das Blut aus dem Gesicht. Tir wird von mehreren Umstehenden an den Armen festgehalten, er zittert vor Wut.

In der Waschküche sickert nur noch ganz wenig Gift aus der Schwefelsäureflasche, und draußen bei den Färberkesseln hängen an gespannten Drähten die Servietten, die Auslöser der Tragödie. Aus dem Geschäft ist das nervöse Klingeln des Telefons zu hören. Vielleicht drängt die Baronin darauf, die Servietten geliefert zu bekommen.

Der Rettungsdienst kommt. Man berichtet dem Notarzt, dass die Vergiftung durch Chlor und Schwefelsäure hervorgerufen worden sei. Alle Versuche, Angelov wiederzubeleben, bleiben vorläufig ohne Erfolg. Schließlich legt man ihn auf eine Trage und deckt ihn zu. Tir fragt überrascht: »Lebt er noch?« Der Arzt nickt zögernd. Daraufhin fangen mehrere der Arbeiterinnen an zu weinen.

Tir ist nicht davon abzubringen, Angelov zu begleiten.

»Ich will mit ihm«, sagt er stur, »er hat niemanden.«

Der Krankenwagen mit den klagend heulenden Sirenen nimmt auch ihn mit.

Kaum ist der Wagen abgefahren, trifft das erschrockene Ehepaar Taube ein.

17

An dem windigen Abend vor dem Schneefall fuhren zwei voll beladene Pferdewagen von Taubes Hof. Sie waren mit langen, weißen Baubrettern beladen, auf diesen lagen, toten Käfern gleich, umgedrehte Holzböcke. An deren Beinen hielten sich die mörtelverschmierten Maurer fest; manche von ihnen hatten sich dreckige Papierhüte schräg auf den Kopf gesetzt. Die stämmigen, braunen Pferde gingen in gemächlichem Schritt, ihre Hufen klapperten auf dem Pflaster; die Wagen rumpelten über die Straßenlöcher, bei denen es die Maurer immer wieder durchrüttelte.

So spät an einem Herbstabend ziehen sonst keine Maurer durch die Stadt; die Bauarbeit verlangt nach Sonnenlicht. Die eigentliche Saison ist im Sommer, der Novemberarbeit fehlt der Schwung der guten Laune. Vor allem eine so seltsame, wie die von Taube in Auftrag gegebene Arbeit hatte einen sauren Geschmack. Die verschmutzten, grauen Wände seines Hauses sollten so schnell wie möglich neu verputzt und mit Kalkfarbe geweißt werden. Da der Herr jedoch den Anblick des Drecks nicht ertragen konnte, durfte lediglich abends gearbeitet werden, und damit sich Taube tagsüber nicht über den Dreck und die Unordnung der Maurerarbeiten ärgerte, musste vor Tagesanbruch alles in dem im hinteren Teil des Gartens errichteten provisorischen Schuppen verstaut werden. So mussten die Maurer bei Lampen- und Kerzenlicht Tag für Tag die am Vortag abgebauten Gerüste wieder aufbauen und geistergleich auf den Brettern hoch oben im vom Wind zerzausten Licht arbeiten. Noch geheimnisvoller wurde ihre Arbeit dadurch, dass jede Unterhaltung wie auch das unausweichliche donnernde Fluchen untersagt waren, und sie sich jedes Wort mit heiseren Stimmen zuflüstern mussten, da um acht Uhr die Jalousien heruntergelassen wurden und Taube, nach den voller Unruhe verbrachten Tagen, Brom einnahm und zu schlafen versuchte. Die Maurer schämten sich geradezu: Ein Tagelöhner war damit beauftragt, fortwährend die Schaulustigen zu vertreiben, denn jeder blieb hier stehen, der die von knisternden Lampen beleuchteten Maurer erblickte, die einen Besen mit der rechten Hand mit einer plötzlichen Bewegung an die Latte in der linken Hand schlugen, wodurch der weiße Mörtel in alle Richtungen flog.

Die Maurer, die nun wegfuhren, waren von eben dieser nächtlichen Arbeit müde und zermürbt; sie konnten jedoch zumindest fort, Frau Taube und das Dienstmädchen hingegen nicht. Die beiden armen Frauen waren ununterbrochen im Dienst, denn Taube sah sich ständig mit weit aufgerissenen, aufmerksamen Augen um und erteilte ihnen einen Befehl nach dem anderen. Diese beiden Augen hatten einen gnadenlos scharfen Blick bekommen. Sie erspähten jedes Staubkörnchen, es war, als mache jeder Schmutz den vor Verwirrung feurigen Blick eigens auf sich aufmerksam. Seitdem der Ekelanfall Taube überkommen hatte, machte der Arme nichts anderes, als nach den kleinsten Flecken Dreck zu suchen, und er war außer sich, wenn die mit Wischtuch, Besen und Wassereimern ausgerüsteten Frauen diesen nicht unverzüglich beseitigten. Sie schrubbten, staubwedelten, wischten in Taubes Haushalt so viel, wie man es sonst in den Wohnungen von zehn dreistöckigen Häusern insgesamt getan hätte.

Und auch äußerlich veränderte sich Taube, der sich früher wenig um seine Erscheinung gekümmert hatte. Er hatte stets wie ein Bohemien ausgesehen: Er hatte es gemocht, wenn seine Kleidung zerknittert und die Lackschuhe seit zwei Tagen nicht geputzt waren, er hatte weiche Kragen mit leger umgebundener Krawatte getragen. Jetzt hatte er sich nagelneue Kleidung liefern lassen und schickte die gestärkten Hemden zum Waschen viermal ins Phönix zurück. Mit der Morgentoilette begann er früh und war oft mittags noch nicht fertig. Und auch dann verspürte er beim Aussteigen aus der Wanne eine starke Beklemmung, am liebsten wäre er gleich wieder hineingestiegen, um sich abzuduschen. Erst gegen Abend, als alles etwas gedecktere Farben bekam, gab er mit einem Seufzen zu, dass die Wohnung nun ein wenig ordentlicher zu sein schien, und fügte aufgeregt hinzu: »Ich bin nicht verrückt. Nur ihr versteht nicht, dass man nicht im Dreck leben kann. Schließlich bin ich der Eigentümer der Dampfwäscherei Phönix und muss in den Augen der Welt wie das Denkmal der Sauberkeit erscheinen.« Von diesen Erklärungen wurde ihm ganz schwindelig, er wurde wie betrunken, seine Augen glänzten und sprühten Funken. Aber der hereinbrechende Abend ließ ihn verstummen, und schon begann die Angst vor der still wachsenden Dunkelheit. Taube hätte die Nacht gerne hinter die Fensterscheiben zurückgedrängt. In solchen Momenten kämpfte er gegen die dämmrige Luft, wie einer, der gegen Schatten boxt. Es war einer dieser Abende gewesen, an denen er in so einem Kampf zum Fenster kam, hinausblickte und sah, wie schmutziggrau die Wand seines Hauses war; Schüttelfrost überkam ihn und er machte sich voller Entsetzen Vorwürfe: Ich Wahnsinniger! Ich renne herum, damit es in den Zimmern ordentlich aussieht, dabei ist das Haus von außen so dreckig, als wäre es aus Müll erbaut worden. Wie soll man denn so hier drinnen ruhig leben können? Das ist ja, wie wenn auf der Haut eines Menschen, der eine ganz reine Seele hat, Parasiten leben.

Das musste rasch abgewaschen werden! Und zwar abends, während er schlief. Eines Morgens würde das Haus schneeweiß dastehen, mit sauber glänzenden Fenstern, und wenn jemand den mit Kieselsteinen und Steinpulver bedeckten Weg über den Hof kommen und über die weiße Marmortreppe das Haus betreten würde, hätte er das Gefühl, er ginge durch eine Kristallquelle und wäre unbemerkt gereinigt. Dieses Haus sollte die Festung der Sauberkeit und die Zimmer sollten die Empfangssäle des Königs der Sauberkeit sein. Möge das Volk kommen!

An dem Tag, als in Angelov die Todessehnsucht ernsthaft aufkochte und der teuflische Salmiak im Phönix Novák mit den schwarzen Augen wieder zu einem großen Triumph verhalf, spazierte Taube gegen Mittag, mit einem grünen Wolltuch über den Schultern, Arm in Arm mit seiner Frau um das weißgewordene Haus. Er betrachtete es, als wäre es eine wunderschöne junge Frau, die jedes Mal, wenn er sie anblickte, bezaubernd lächelte. Sein Herz erwiderte dankbar den Gruß der spiegelgleich funkelnden Fenster; am liebsten hätte er die weißen Wände umarmt, und er dachte, die zurückliegenden qualvollen Tage seien ähnlich für ihn gewesen wie die seltsame Arbeit der Maurer an diesem Haus: Schließlich wuschen diese Tage seinen Körper und Geist rein und weiß, und jemand, dem das wichtig war, der freute sich genauso darüber wie über das saubere Haus. Als er sich jedoch umsah, überkam ihn Wut, denn die anderen Häuser der Straße waren auffallend dreckig, die Dächer voller Ruß; vor den Fenstern hingen schlaffe Leinenrouleaus; in einer der Wohnungen waren in den Fenstern, obwohl schon Mittag, die Zipfel der Federbetten zu sehen, und woanders schüttelte eine alte Frau mit struppigem Haar das Staubtuch über den Köpfen der Passanten aus.

Mit einer plötzlichen Bewegung breitete er die Arme aus, als wollte er mit ihnen wie mit zwei Säbeln die Köpfe der dreckigen Häuser abschlagen.

Er nahm sich vor, sofort Briefe an die Hauseigentümer zu schreiben, bei der Polizei Beschwerde einzulegen. Frau Taube hörte sich seine leidenschaftliche Rede geduldig, blass an und versuchte, ihn zärtlich zu besänftigen:

»Mein Lieber«, sagte sie und strich ihrem Mann über die purpurnen Wangen, »kann es nicht sein, dass du zu nervös bist?« In einem Ton, als würde sie sich für das, was sie sagen wollte, bereits im Voraus entschuldigen, fügte sie hinzu: »Vielleicht bist du ja krank ...«

Die Fäuste des Dampfwäschereieigentümers knallten auf den Tisch.

»Nein!«, brüllte er mit weit geöffnetem Mund und hämmerte dabei auf die Tischplatte. »Nein! Ihr seid krank! Ihr Elenden, ihr seid es, weil ihr den Dreck liebt! Ihr seid es, weil ihr nicht verstehen wollt, dass auf der Welt Sauberkeit herrschen muss.«

Wie ein Prophet stand er da, die Fäuste noch auf dem Tisch, den rot glühenden Kopf im Nacken. Dann holte er seinen Blick aus dem Himmel zurück auf die Erde, bemerkte seine Frau und dachte: Was gehen diese Frau meine fixen Ideen an, schließlich hatte sie mit den Freuden, die mich bis hierher gebracht haben, auch nichts zu tun.

Einige Augenblicke später entzündete er sich jedoch wieder an einem ihrer Worte, rannte erneut durch alle Zimmer, und als er einen münzgroßen Staubfleck fand, lachte er gequält auf und schlug auf das Möbelstück ein.

Frau Taube ließ es geschehen. Wie eine Mutter zu ihrem kranken Kind, ging sie mit leisen Schritten zu Taube und streichelte ihn.

Es schwebte jedoch etwas in der Luft des Hauses, und manchmal wurde diese so dicht, dass alle drei sich hastig wie Ertrinkende durch die Wohnung bewegten.

Denn im einen Moment war noch alles in Ordnung, aber im anderen stand Taube bereits mit ärgerlicher Miene auf dem Stuhl und heftete mit vier Reißzwecken ein von ihm beschriebenes Blatt Papier an die Wand. Darauf stand:

Es soll endlich auf Sauberkeit geachtet werden!
Ich dulde keinen Staub, keinen Dreck!

Und als er vom Stuhl stieg, rief er, streitsuchend, die beiden Frauen zu sich:

»Seht ihr das? Denn ich kann mir nicht die Kehle aus dem Hals schreien!«

»Ja«, sagten die traurigen Frauen wie aus einem Mund, »ja«, und sie neigten die Köpfe fügsam nach vorn. Wie zwei kleine Mädchen, die sofort in Tränen ausbrechen, wenn der strenge Lehrer nicht aufhört. Aber zum Glück hörte er auf, und auch die von der Hölle kündenden Flüche und andere Gräuel blieben aus.

»Sie können gehen«, sagte Taube zu Anna streng.

»Und du bleib«, wandte er sich in sanfterem Ton an seine Frau, »setzen wir uns ans Fenster.«

Draußen wurde es bereits dunkel, und Taube fürchtete sich.

Anna verließ auf Zehenspitzen das Zimmer, Frau Taube schob leise den einen Lehnstuhl neben den anderen. Taube ließ sich sofort fallen, sank in sich zusammen und legte seine Hand in die seiner Frau, damit diese sie hin und wieder ermutigend drücken konnte.

»Der Himmel ist schrecklich«, flüsterte Taube, »schrecklich. Ich muss die Augen schließen, ansonsten halte ich es nicht aus. Und dann die vielen schmutzigen Häuser. Pfui.«

»Du sagst gar nichts?«, fragte er ein bisschen später erschrocken.

»Du bist krank«, sagte die Frau langsam, »krank.« Und sie starrte mit gläsernem Blick vor sich, und plötzlich, wie von der Hand eines Riesen geschüttelt, begann sie zu zittern und hemmungslos zu weinen.

Taube schüttelte den Kopf, als säßen Fliegen darauf, als wäre jede Träne eine Fliege, die ihn nun biss, ihm das Blut aussaugte.

Regen, dachte er, während er die weinenden Augen ansah, aus diesen Augen strömt Regen, Schauer, Qual.

Und er hielt seinen Kopf rasch unter die Tränen, damit sie sein zerlebtes Gesicht wuschen, Mund und Augen, die viel Lust gekannt, und die grauen Haare, mit denen so viele Frauen gespielt hatten. In einem regelrechten Schwall überkam Taube ein Gefühl der Güte.

»Verzeih mir«, bat er aus tiefstem Herzen, »verzeih mir«, und fügte hinzu: »Mir, dem alten Sünder.«

»Ich soll dir verzeihen?«, fragte die Frau und schüttelte sich, wie von plötzlichem Zorn ergriffen. »Ich dir?« Nun verwandelte sich der Zorn in strahlende Liebe. »Du bittest mich?« Sie schmiegte sich an Taube.

Nach vielen Monaten zum ersten Mal lächelte nun auch Taube glücklich: Als wäre sein Gesicht von Sonnenstrahlen berührt worden.

Sie schwiegen. Taube kam es vor, als strömte das Blut aus der Hand seiner Frau rot in sein Herz und sorgte dort für große Ordnung. In dieser beruhigenden Stimmung sank er in einen Halbschlaf. Er atmete bereits fast wie ein Schlafender, als er davon erwachte, dass seine Frau ihn sanft rüttelnd weckte, wie ein kleines Kind mit dem Finger nach draußen zeigte und sagte: »Es schneit!«

Und auch Taube sah, wie der Schnee ein weißes Wolltuch über die Häuser legte, wie die Weberhand des Windes die endlosen Fäden durcheinanderwirbelte. Mitten auf der Straße sah er ein kleines braunes Stück Papier, das sich aufbäumte und vom Wind immer wieder niedergedrückt wurde. Taube beobachtete dieses flatternde Ringen und kicherte, als der weiße Schnee den Kopf des kleinen braunen Papiers allmählich zudeckte und es, so sehr es auch mal mit diesem, mal mit jenem Zipfel strampelte, endgültig gegen den Boden drückte. In diesem rauschenden Schneefall sah Taube eine an ihn gerichtete Botschaft: Als gäbe es ihn nur, weil sich Taube am Mittag gewünscht hatte, die Dächer und Straßen mögen weiß werden. Der Anblick ihres eigenen Hauses würde eine besondere Freude sein. Es war ja so schon weiß, wie weiß würde es nun sein, bedeckt mit frischem Schnee! Und die Nächte werden auch nicht mehr so tiefdunkel sein wie bisher, denn der Schnee wird leuchten. Sein schmutzempfindlicher Blick wird ruhig umherwandern können: Die Bäume waren silbern, die Berge, alles. Sie würden in diesem glänzenden

Silber still die großen, weißen Glühbirnen anschalten, die Glasgehänge leise erklingen lassen und in dem verzauberten Licht durch das Fenster den Schneefall betrachten.

Er wollte seiner Frau gerade von diesem Hoffnungsbild erzählen, als drüben im Salon das Telefon kurz vibrierte und dann unruhig klingelte. Der Ton fuhr derart in die Stille, dass Taube und seine Frau erzitterten, gleichzeitig aufstanden und sich unsicher ansahen. Das Telefon hatte seit Wochen nicht mehr geklingelt, da Frau Taube verboten hatte, dass ein Anruf aus der Wäscherei (nur dort kannte man die Nummer des Haustelefons) ihren Mann störte.

»Bleib bitte, ich nehme den Anruf an«, sagte sie, Taube folgte ihr jedoch kopfschüttelnd und hielt sich den zweiten Hörer ans Ohr.

»Hallo, Frau Taube hier.«

»Hier spricht Frau Simon, gnädige Frau … Ach …«

»Was ist los? Was ist passiert?«

»Einer der Färber hat Selbstmord begangen und ist gestorben.«

Als wäre der schwarze Hörer heiß wie Feuer, ließ Taube ihn fallen, nun baumelte er hin und her. Taube stand da, sah dem Schwingen des Hörers zu, ohne zu reagieren, ohne Gedanken, und dann schrumpfte er wieder wie stets vor den Anfällen. Als Frau Taube das sah, ließ sie den anderen Hörer fallen, nun baumelte auch dieser, schlug gegen das Bein des Tischchens, und sie flüsterte Taube mit dünner Stimme Frau Simons Schreckensnachrichten zu.

»Bleib hier, ich werde hingehen«, sagte sie, nachdem sie sich ein wenig gefasst hatte. »Es ist noch nicht sicher, dass er tot ist.«

»Bleiben?«, fragte Taube. »Ich soll bleiben? Ich? Ich bleibe nicht! Hörst du? Versuch nicht, mich zurückzuhalten, lass mich …« Und schon rannte er in Jacke und ohne Hut los. Frau Taube ihm hinterher, mit seinem Hut in der Hand. Anna starrte ihren hinausstürmenden Dienstherren hinterher. An der Ecke erwischten sie ein Taxi, das mit dampfendem Kühler losraste. Durch eines der Fenster fiel Schnee auf ihre Gesichter: Sie sahen aus wie Greise, die vor ihrem Tod zu einem fremden Tod flohen.

Taube versuchte sich vorzustellen, was geschehen war: Der arme Arbeiterjunge hatte es nicht länger ausgehalten, die viele dreckige Kleidung, er hatte es nicht geschafft, sie zu waschen, er hatte keine freie Minute mehr und tötete sich vor den großen Wäschesäcken, stach sich ins Herz. Und nun standen vielleicht die anderen Arbeiter über ihm im Kreis, von den feuchten Wänden tropfte das Wasser, und wenn er eintreten würde, würden sie ihre gesenkten Köpfe erheben und ihm drohend zurufen:

»Herr Direktor, wir halten es nicht länger aus!«

»Geht ruhig nach Hause«, sagte Taube und seine Frau fragte ihn matt:

»Was sagst du? Ich verstehe dich nicht.«

Du verstehst es nicht, weil du es nicht hörst, dachte Taube und zog die Augenbrauen hoch. Nur konnte man die Arbeiter nicht einfach so entlassen; zunächst würde Taube an den blutigen Toten herantreten, seine Wunde küssen, sich vor ihm hinknien und ihn um Verzeihung bitten müssen. Dann würde er sein Gesicht hinhalten, den Mund aufmachen und die düster dreinblickenden Arbeiter bitten müssen, ihn anzuspucken, ihn zu treten und die Wäscherei samt ihrem ganzen Schmutz anzuzünden. Und wenn ihnen das nicht genügen würde, würde er sich auf den Boden legen, unter ihre schlammigen, dreckigen Füße. »Zerstampft mich«, würde er rufen und sterben.

In seinem Gesicht zeigten sich entschlossene und hingebungsvolle Züge.

»Los, los«, sagte er zu sich und verschlang die Entfernung mit den Augen.

In diesem Augenblick stoppte das Taxi mit quietschenden Bremsen und blieb stehen. Die frierenden Büglerinnen, die seufzenden Hausbewohner und die Passanten sahen sie neugierig an. Novák stand neben Frau Simon. Er bemerkte Frau Taube sofort und lüftete seine kleine Teufelsmütze. Sein Gesicht hatte einen pflichtbewussten Ausdruck, die schwarzen Augen glänzten.

»Gnädige Frau, leider hat sich einer unserer Mitarbeiter vergiftet. Mit Chlor und Schwefelsäure.«

»Ist er tot?«

Währenddessen kämpfte sich Taube, von einem Mensch zum anderen schleichend, die paar Meter des Toreingangs entlang, als wäre es ein schrecklich langer Weg. Am Ende der Hausmauer blieb er stehen, schmiegte sich an sie, spähte neugierig um die Ecke und zog den Kopf sofort zurück. Als er erneut herumspähte, flog ihm, wie ein Stein, Nováks harte Stimme ins Ohr: »Ich glaube, inzwischen ist er tot.«

Taube überquerte den Hof, als hätte man ihm einen Stoß versetzt, machte riesige Sprünge, und plötzlich stand er, wie vom Himmel gefallen, vor Novák und fragte ihn heiser:

»Wer ist es?«

»Angelov.«

Lauter feindselige Gesichter, mit roten Nasen und vor Wut zitternden Mündern. Wie eine Schreckensvision. In seiner grauen Kleidung und mit dem krummen Rücken sah Taube wie eine Ratte aus, als er auf Zehenspitzen flink aus ihrem Kreis ausbrach, um auf dem dunklen Gang des Phönix zu verschwinden, und nur durch schreckliches Husten verriet er, wo er sich gerade befand.

Novák brachte ihn hinaus und setzte ihn keuchend auf einen Stuhl. Dort saß Taube, auf beide Arme gestützt, und hustete heiser.

18

Jene Nacht war hell. Im Licht des Vollmondes leuchtete die verschneite Stadt so magisch wie das seidene Fell einer schlafenden Angorakatze. In den stummen Häusern erschienen an den Zimmerwänden die Mondbilder aus Licht und Schatten. Dieses Licht war wie ein seltsamer Sonnenschein: Als hätte durchs Fenster ein Toter gelächelt, dessen Leichenflecken die Schatten waren.

Taubes Augen öffneten sich langsam. Hinter seinen geschlossenen Lidern hatte sich gerade eine Wäscheschleuder gedreht; sie drehte sich wie im Phönix, war genauso in Beton eingelassen, stand auf einem runden Stahlsockel, in dem das Getriebe wie von Sinnen rotierte, damit durch die Löcher der weiß emaillierten Kupfertrommel das Wasser hinausgedrückt wurde.

Vor seinen bereits geöffneten Augen erschien ihm die weißgetünchte Bretterbude, in der zwischen den riesigen Benzinbehältern wie ein dünner Käfer ein kleiner Gehilfe stand, unfähig, etwas zu tun, offenbar benebelt von den betäubenden Gasen. Der Junge (er war vielleicht vierzehn Jahre alt) bürstete ein Seidenkleid aus, die Bürste wollte ihm immer aus der Hand rutschen; er stöhnte mehrmals, betastete sich den Magen und war weiß wie die Außenwand der Bretterbude. Er hatte vor drei Wochen angefangen, im Phönix zu arbeiten, hatte nicht einmal einen Vertrag, und kämpfte offensichtlich mit den Tränen, wäre gerne weggerannt, in einen Park, um Ball zu spielen oder im kostenlosen Freibad zu schwimmen. Er war so unbedarft, ahnte gar nicht, dass er bei offenen Fenstern arbeitete und über ihm Schornsteine rauchten. Er sah den Rauch zwar manchmal aufsteigen, da es aber helllichter Tag war, sah er die kleinen, in Teufelsfarben schimmernden Funken darin nicht. Erstaunt war er erst, als einer der Benzinbehälter Feuer fing und sich die Welt um ihn herum in große gelbe und rote Flammen verwandelte. Er rannte wild fuchtelnd hin und her und dann mit seiner brennenden, lodernden Kleidung ins Gebäude, wo eine der kreischenden Büglerinnen an seinen Rücken griff, um das flatternde weiße Hemd wegzureißen. Doch dann stieß sie einen so entsetzlichen Schrei aus, dass der arme Junge für einen Augenblick stehenblieb, mit seinem furchtvollen, empfindsamen Ohr hinhorchte und hörte, wie die Büglerin, die das Hemd hochhielt, rief:

»Mein Gott, das ist ja die Haut von seinem Rücken …«

Es kamen viele, jede mit einem vom Körper abgezogenen Hemd, und alle sagten matt:

»Haut von seinem Rücken … Haut von seinem Rücken …«

Masa lachte laut und öffnete die Bürotür weit. Es trat ein junges Mädchen herein, sie war wie ein Zuckerpüppchen und sie zuckte kurz zurück, als sich die Tür hinter ihr schloss. Taube lächelte sie an, nannte sie Täubchen, sagte, sie solle keine Angst haben, sie werde hier genug für ihre Mutter, die arme Witwe, verdienen, man sehe, dass sie ein kluges Mädchen sei; ihm war, als hörte er durch die Tür das Gekicher der Fräulein aus der Virág utca, das machte ihn selbstsicher, er rief das Püppchen zu sich, und strich ihr über das goldbraune Haar, wie es sich für einen alten Herren gehörte, und sah gierig in die rehfarbenen, von Glanz umrahmten Augen. Er betrachtete die noch schmalen Schultern, die bereits hervorgesprungene, aber wohlgeformt schmale Hüfte und von der Seite die kaum gewölbten Brüste. Es war, als verströmte das Fleisch des Mädchens einen Blumengeruch, ab und zu schloss er die Augen und atmete durch die Nase tief ein. Und er sah, wie das Püppchen mit den rosigen Wangen nach dem ersten Glas Likör nach langer Überredung noch einen Málaga-Wein trank. All das würde sie zu Hause noch ihrer Mama erzählen. Während sie am Glas nippte, neigte sie das Köpfchen ein bisschen zur Seite, lachte bereits ein bisschen mehr als nötig und scheute sich nicht weiter, ein ganzes Glas des rubinroten Getränks zu trinken. Es war Mitternacht, genauso wie jetzt, auch Winter, wie jetzt, er öffnete die Tür, und von draußen blickten die Fräulein mit den rotgeschminkten Lippen leise kichernd herein, stupsten sich gegenseitig an und hielten nach dem Püppchen Ausschau, die auf dem Sofa lag und vom Alkohol seltsam schnarchte.

Und auf einmal stand Tir jetzt, zur Mitternachtszeit, an einem Grab: »Einen Krankenwagen!«, rief Taubes ehemaliger Heizer verzweifelt, woraufhin aus der anderen Ecke des Friedhofs ein weißes Auto angefahren kam, mit einem Fahrer, der einen weißen Totenschädel hatte. Die Hintertür des Wagens ging auf und ein in weiß gekleideter, milde lächelnder Notarzt trat heraus. In diesem Augenblick griff Tir zum Boden (obwohl man dort nichts sehen konnte), hob dann kaum merklich jemanden hoch, und dieser sagte zu dem Notarzt: »Ich bin Angelov …« Dann blickte er sich mit leeren Augenhöhlen um, so als würde er nach Taube Ausschau halten.

Sein Lächeln war wie das Mondlicht hier an der Wand vor Taube, der verzweifelt den Kopf schüttelte. Nun stand er auf und schob mit ausgestrecktem Arm jemanden von sich; dann drehte er sich plötzlich um und sprang zur Seite.

Ich werde meine Frau wecken, dachte er, und das Licht anschalten. Er tat jedoch nichts von beiden, denn er sank unter seinen Ängsten in sich zusammen, fühlte sich in der Mondnacht auf sich allein gestellt, wie ein herumirrender Wanderer, der das Leiden hinnimmt, das aus dem Himmel auf ihn fällt.

Sein leicht geöffneter Mund schien mit jedem Atemzug die Traurigkeit aus der Luft herauszuziehen, als würde er Friedhöfe, Chlor und Schwefelsäure einatmen.

Er schüttelte den ergrauten Kopf und meinte plötzlich, etwas im Haus habe mit einem lauten Krachen einen Riss bekommen: Es traf die angespannten Saiten seiner Nerven wie ein Peitschenhieb und brachte die Angst in ihm zum Klingen.

Ja, so stand er da, tastete nach seinem Herzen, verdrehte die Augen, stand da, zitterte und sehnte den anbrechenden Morgen herbei. Was er alles sah, was er alles hörte … als ginge kein einziges Wort verloren, sondern als irrte es nur so lange durch die Luft, bis es zurückkehren konnte, um die Wirklichkeiten von einst nun als körperlose Versuchungen wiederauferstehen zu lassen.

Taube antwortete diesen ihn quälenden Erinnerungen mit tiefen Seufzern. Sie zu bereuen, war sinnlos, die Erinnerung ist wie die Geschichte: Sie hat stattgefunden, ist notiert worden, an ihr kann man nichts ändern.

Wundersam ist auch, dass die quälendsten Erinnerungen am längsten leben und immer lebendiger werden, je näher wir dem Tod kommen; das Leben kann sie nicht zum Schweigen bringen, nur der Tod kann sie zerbrechen, zusammen mit dem Menschen.

Es war kalt, Taube schaltete das Licht an; seine Frau weckte er absichtlich nicht. Wach auf … Nein, wenn sie ihn wirklich liebte, musste sie von selbst aufwachen, und weil die Frau von der Grippe erschöpft tief schlief, wandte er sich bitter von ihr ab. Sein Gesicht war wie Essig, und er hatte das Gefühl, dass die ungeheure Schwäche die Knochen in seinem Körper zusammenschob. Wie er so in sich zusammenfiel, wurde der Schmerz in seiner Seele noch dichter; als wäre er eine Statue, aus der nichts verdunstete.

Wenn er sich bewegen würde … oder rennen …

Gedämpftes Hundegebell war zu hören: Der Köter kann den Mond mit weit geöffnetem Maul anbrüllen, dieser sieht jedoch nur eisig auf ihn hinab, wie ein mit dem Trauersilber des Himmels bis zum Hals zugedeckter Toter. Und alles, die Häuser mit den düsteren Gesichtern unter den weißen Dächern, die großen Schatten, alles das wirkte wie sorgfältig durchdachte Vorbereitungen der letzten Reise.

»Jetzt bringe ich mich um«, war der Gedanke, der in Taube aufblitzte, und durch den alles gleich viel erträglicher wurde.

»Ja, ich bringe mich um«, bekräftigte er flüsternd.

»Ich gehe und bringe mich um«, wiederholte er halblaut, und dieser sich verfestigende Wunsch zerstreute die von überallher und aus all den Wänden kommenden Stimmen der Erinnerung.

Denn wenn er sich umbringen würde, könnten die vielen Schreckensbilder ihm ruhig hinterherrennen, könnte ihn Angelov anschreien, und auch der blinde Bettler könnte ihm hinterherblicken, dem er nur bis zur Hälfte über die Straße geholfen und ihn dann mit seinem Stock, mit dem dieser herumfuchtelte, stehen gelassen hatte. Wenn er sterben würde, wäre er wenigstens auch wie diese Erinnerungen: körperlos. Aber so, mit lebendigem, weichem Körper gegen sie zu kämpfen, das war nicht auszuhalten.

Und dennoch: Sterben war auch nicht einfach. Man müsste auch wissen, wie man es am besten anstellte. Sollte er sich Mund und Nase zuhalten und warten, bis ihm in der Stirn eine Ader platzte? Er hatte keinen Revolver. Sollte er zum Fluss gehen und sich ertränken?

Es würde ihm nichts anderes übrigbleiben, als sich zu erhängen. Und während er in einer Schublade nach einer Art Bindfaden suchte, spürte er wieder, wie ihn der Gedanke an die Flucht in den Tod sanft streichelte, weshalb er noch eifriger nach dem Faden suchte. Doch am Ende musste er sich mit einer Rolle weißen Garns begnügen.

Er hielt die Rolle in der Hand und spann das Garn in seiner Vorstellung zu einem dickeren Faden, überlegte, wie man ganz viele Fäden so zusammenbinden könnte, dass sie nicht rissen.

In diesem Moment zuckte seine Frau im Bett zusammen; sie warf sich auf die Seite und versetzte dem Federbett einen Tritt. Taube schaltete das Licht aus.

Auf Zehenspitzen horchte er, und als das Bett erneut knarrte, öffnete er vorsichtig die Tür, schlich durchs Esszimmer und schaltete dort, wie zum Abschied, den Lüster mit dem starken Licht an. Dieses grelle Licht war auch wie eine Erinnerung, eine Erinnerung an die Sauberkeit, den Ekel und daran, wie er sich immer wieder hatte übergeben müssen. Ach, sterben.

Draußen empfing ihn der kalte Hof, erwartete ihn der Zaun mit dem Eisengitter, dessen Spitzen wie Blumenblätter zurückgebogen waren, und sahen ihn das hell erleuchtete Esszimmerfenster und die anderen dunkel glänzenden Scheiben an.

Und er wickelte den dünnen Faden ab, versuchte, ihn zusammenzubinden, aber seine nervösen Hände verhedderten sich darin, und zwischen seinen Fingern entstand ein richtiges Spinnennetz. Dabei zitterte er vor Kälte, seine Lippen schlugen aufeinander wie langsam Beifall klatschende Hände. Dann wickelte er die Zwirnsrolle mehrmals um das hervorstehende Eisenblütenblatt und befestigte so den Faden. Er stellte sich auf den Steinsockel des Zauns und legte sich nun die dünnen weißen Fäden um den Hals. Als sie bereits dicht genug lagen, tanzte solch eine Nervosität in seinen Gliedern, dass er auf einmal nach vorn rutschte, einen Schrei ausstieß, weil die vielen dünnen Fäden für einen Augenblick in seinen dicken Hals schnitten, für Sekunden schwebte er zwischen Himmel und Erde, dann plumpste er jedoch benommen in den Schnee, stützte sich auf die Hände und prüfte, ob er noch lebte. Er ließ den Schnee an seinen Fingern kleben, und sein frierender Körper zitterte wegen seiner Nervosität noch mehr.

Manchmal blinzelte er wie zur Zustimmung. Man hätte ihn für einen Erstochenen halten können, der sich noch ein letztes Mal aufrichtete und nachdachte. Als die Tür quietschte und jemand sich ihm mit hastigen Schritten näherte, rührte er sich gar nicht, blickte nur von unten auf. Vergebens zerrte seine Frau an ihm, lediglich mit einem langen weißen Nachthemd bekleidet und in zarten Pantoffeln, in die der Schnee eindrang, vergebens flehte sie ihn an, er blieb am Boden. Taube dachte: Siehst du, ich habe die Schlinge um den Hals, aber selbst der Tod treibt sein Gespött mit mir. Ich liege hier im Schnee, möchte sterben, lass mich.

»Steh auf, Jenő«, bat ihn seine Frau. »Steh auf, sonst erkältest du dich noch.« Dann nieste die Arme selbst.

Taube erhob sich langsam, wobei er jedes Glied einzeln bewegte. Als er aufrecht stand und seine Frau sich an ihn schmiegte, übertrug sich durchs Hemd die Wärme ihres Körpers. Durch diese warme Berührung kam er ins Schwanken. Er spürte, dass man ihn lieben konnte, denn er war unschuldig.

»Es ist nicht meine Schuld«, sagte er und schlug sich gegen die Brust, »nicht meine«, ein weiterer Schlag, »das Geld trägt die Schuld an allem! Nicht mich sollte man erhängen, sondern das Geld, das Geld!« Er wurde wütend. »Und wenn man es erhängt hätte, müsste man alle Menschen zusammentrommeln. ›Soldaten, das Gewehr über!‹, müsste man rufen, ›Artilleristen, Kanonen aufs Ziel‹, müsste man rufen, ›Flugzeuge, Bomben bereit.‹ Und wenn man es erhängt hätte, würde es mit gebrochenem Wirbel baumeln und dann: Bummm!« Er stieß die beiden zu Fäusten geballten Hände nach vorn, »Bumm! Bumm! Dann würde man es noch mit Kanonen, Bomben, Maschinengewehren bekämpfen.«

»Denn ich war ein armer Junge«, sagte er, nachdem er wieder zu sich gekommen war. »Wessen Sohn war ich, was habe ich gegessen, wie habe ich gelernt? Ich hatte ja nichts!« Taube blickte in die Ferne, als sähe er dort eine große Helligkeit.

»Wenn ich nicht reich geworden wäre, hätte ich nicht siebenhundert Geliebte gehabt, wenn ich arm geblieben wäre, wären die beiden Gehilfen nicht verbrannt, dann wäre auch Angelov nicht gestorben. Das Geld müsste man umbringen, nicht mich.«

Er ging bereits mit gebeugtem Rücken langsam ins Haus; ihm war, als hätte er sich das Herz aus dem Leib geschrien. Aber konnte man denn das Geld umbringen? Nein, an seiner Stelle musste der Mensch sterben.

Angst überkam ihn, und er sagte zu seiner Frau:

»Pass auf mich auf.«

Vor Kälte zitternd nickte sie.

19

Das St.-Ágnes-Krankenhaus war ein zweigeschossiges, hohes Backsteingebäude. Rechts stand der würfelförmige Bau der Frauenabteilung, links der der Männer. Die Fenster spiegelten den matten Schein des Winternachmittags wieder. Vor dem Eingang hatte sich bereits eine Gruppe von Besuchern versammelt und wartete darauf, eingelassen zu werden. Bauern waren darunter, die mit Wagen aus den nahegelegenen Dörfern gekommen waren, Fabrikarbeiter, die ihre Zigarette mit zwei gelben Fingernägeln hielten und daran zogen, bis ihnen die Lippen brannten; es war ein Vorstadtkrankenhaus, die Patienten waren arme Leute. Auch Tir war unter den Besuchern, bereits den zweiten Tag wartete er darauf, zu Angelov gelassen zu werden. Am Vortag hatte ihn der Pförtner mit der Begründung weggeschickt, Angelov sei noch nicht bei Bewusstsein, er komme immer nur für wenige Minuten wieder zu sich.

Tir stand auf der Straßenseite gegenüber dem Krankenhaus, er beobachtete neugierig die Fenster. Das Krankenhaus ist wie ein Gefängnis, dachte er, und stellte sich vor, wie Angelov in dem Augenblick totenbleich, mit ausgestreckten Armen in seinem Krankenhausbett lag; den Mund ein wenig geöffnet, die Brust hob sich kaum merklich, die Augen verloren allmählich an Glanz und es gab keinen Menschen, mit dem er etwas zu tun gehabt hätte, dessen Namen er hätte leise aussprechen können. Den eines Mädchens, seines Vaters, seiner Mutter. Nur er, Tir, war hier, und ihn ließ man nicht zu ihm.

»Tir, Tir«, hörte dieser, als trüge ein schwacher Windhauch Angelovs rufende Stimme zu ihm.

Er schüttelte den Kopf und rieb sich das Auge, um eine Träne wegzudrücken. Armer Junge, armer Junge.

Er zog seinen weiten, zerschlissenen Wintermantel enger um sich, in dessen riesigen Taschen nur ein paar Pengő klimperten. Seit Angelovs Selbstmordversuch war er nicht im Phönix gewesen, nicht einmal mehr, um seinen Lohn abzuholen. Dennoch klimperten ein paar Pengő in seiner Tasche, vielleicht würde er eine Blume oder eine Orange für Angelov kaufen. Ja, das würde er sofort, aber was, wenn man ihn wieder nicht zu seinem Freund ließ? Er kaufte lieber zwei Zigarren für den Pförtner. Wenn er sie ihm in die Hand drückte, ließe dieser ihn vielleicht ein.

Als Tir vom Kiosk zurückkam, strömten die Besucher bereits ins Gebäude. Bei der inneren Glastür wurde jeder von ihnen von dem mächtigen Pförtner mit dem großen Schnurrbart aufgehalten:

»Zu wem möchten Sie, bitte? … Rechts, im Saal A …«

Nun war Tir an der Reihe, der Pförtner erkannte ihn und schüttelte den Kopf.

»Sie sind vergebens gekommen«, sagte er, »der junge Mann ist immer noch in einem kritischen Zustand.«

Selbst unter den armen Besuchern fiel Tir auf, so zerlumpt war er. Der alte Mantel hing traurig an ihm herunter, die Haarspitzen lugten unter der Mütze hervor, die Hosenbeine waren abgewetzt und die Lederschnürsenkel, die seine Stiefel zusammenhielten, waren mit mehreren Knoten verziert. Tir seufzte tief und trat aus der Schlange. Der Pförtner sah ihn ab und zu an, Tir erwiderte den Blick stets erwartungsvoll, aber dann schwand die Hoffnung wieder, denn der Pförtner wandte sich dem jeweils nächsten Besucher zu.

Bald lichtete sich die Reihe der Besucher, die meisten von ihnen saßen bereits am Krankenbett.

Nur Angelov liegt allein da, dachte Tir verzweifelt.

Erneut ging er zum Pförtner:

»Herr Pförtner, ich bitte Sie, gibt es denn wirklich keine Möglichkeit, zu ihm zu gehen, wenigstens für eine Minute?«

»Ich würde Sie ja gerne einlassen«, sagte der Pförtner bestimmt, »aber wenn es der Chefarzt nun einmal verboten hat.«

Tir wollte ihn bitten, leiser zu sprechen, er griff nach den Zigarren und der Streichholzschachtel in seiner Manteltasche.

Ein Arzt betrat das Gebäude, ein blasser Mann mit Brille. Seine klugen braunglänzenden Augen widmeten sich neugierig Tir, und seine Stimme war so angenehm, als entströmte sie einem warmen Ofen:

»Kann ich Ihnen vielleicht helfen?«

»Herr Doktor«, sagte der Pförtner rasch, »er will zu dem jungen Mann, den man aus der Dampfwäscherei hergebracht hat. Er liegt im Saal B.«

»Nun«, sagte der Arzt, »er kann erst in ein paar Tagen besucht werden. Er muss sich ausruhen.«

Es war, als hätte man ein kaltes Messer in Tir gestoßen. Jemand, zu dem man einfach keinen Einlass bekam, war gewiss schwer krank. Möglicherweise würde er bereits hinten in der Leichenkammer liegen, wenn man Tir endlich zu ihm lassen würde.

»Herr Doktor«, sagte er aufgewühlt, »ich kann nicht in zwei Tagen kommen. Ich bin ein Arbeiter, der deshalb bereits den zweiten Tag vom Betrieb fernbleibt. Lassen Sie mich jetzt bitte kurz zu ihm.«

Der Doktor schüttelte den Kopf. Es tue ihm leid. Daraufhin ergriff Tir kurzerhand den Arm des Arztes, der bereits im Begriff war, weiterzugehen.

»Herr Doktor, Sie müssen mich unbedingt zu ihm lassen, ich verreise nämlich.« Sein Gesicht wurde ganz rot vor Aufregung.

»Sie verreisen?«, fragte der Arzt freundlich.

»Ja, nach China«, sagte Tir stockend, und ihm wurde ganz schwindelig, als wäre ihm Wein in den Kopf gestiegen. Die Worte des Arztes vernahm er als fernes Echo:

»Nach China?«

Es war, als hätte man ihm frische Luft in die Brust gepumpt, als würden seine Arme von neuen Muskeln nach hinten gedrückt werden, er stand fest wie eine Eiche.

»Ja, nach China, Herr Doktor«, bestätigte er heiser.

Als Tir das Krankenhaus verließ, fühlte er sich, als hätte man ihm auf den Kopf geschlagen. In der einen Hand hielt er traurig die Zigarren. Er überquerte die Straße und blickte wieder zu den matten Fenstern hinauf. Jetzt wurden die Lampen angeschaltet: Als wären drinnen kleine Feuer ausgebrochen oder als färbte das Fieber die Fensterscheiben. Aber er blickte vergebens hinauf, vergebens.

Vergebens hatte er behauptet, dass er nach China reise, man hatte ihn nicht eingelassen. Er hätte lieber ein näher gelegenes Land nennen sollen. Nein! Nur nach China, Herr Doktor … So ist es … Auch wenn Sie darüber lachen … Es lohnt sich, nach China zu fahren, dort herrscht Wu Peifu … Dort gibt es noch freies Land … weite Wälder … Gold … Silber …

Er sah einen umherstreunenden Hund mit hervorstehenden Rippen und eingezogenem Schwanz auf der gegenüberliegenden Straßenseite; aufgeregt beobachtete er, wie der Hund an jeden Passanten heranschlich, ihn ansah und ihm zu folgen versuchte, in der Hoffnung auf ein sicheres Zuhause und ein gutes Abendessen. Aber er bekam nur Fußtritte oder wurde gar nicht beachtet. Mit seinen mageren Beinen lief er unermüdlich weiter, schmiegte den Kopf an die Beine der Passanten und schnüffelte in den Toreingängen, in denen es nach Abendessen roch. So rennt auch der arme Mann, dachte Tir und pfiff, jedoch ohne Erfolg, denn der Hund lief in eine andere Richtung.

Tir blieb niedergeschlagen stehen und lehnte sich an eine Hauswand. Er konnte an diesem Tag nicht weitergehen, so sehr schmerzte ihm das Herz vor Traurigkeit. Das Leben war so elend wie noch nie. Jede Arbeitsstelle war die eines Sklaven, man musste schuften wie eine Maschine, und wenn man seine Stelle verlor, konnte man zum Mond fliegen, um dort die Straßen zu fegen!

Ja klar, dachte er, die Mondstraßen fegen. Der Lohn, den man dafür bekommen würde, wäre wohl nicht gerade glänzend, und die Regierung, die dort herrschte, sollte man sich lieber gar nicht erst vorstellen. Nein, zum Mond würde er auf Suche nach Arbeit nicht reisen, das lohnte sich nicht, außerdem war der Mond noch gar nicht zu sehen, es war erst fünf Uhr. Aber nach China, dachte er und stemmte die Hände in die Hüfte, nach China reisen, das wäre etwas.

Er lachte glücklich. »Nach China«, flüsterte er in die dämmernde Abendluft. »In China, mein Freund, da steht bereits alles in Flammen, und die Flammen werden von den chinesischen Feuerwehrleuten mit Menschenblut gelöscht. Nach China fahren! Von Wu Peifu ein Krummschwert bekommen, siegen, Heerführer werden, und in Ungarn stünde dann mit großen Buchstaben in der *Volkszeitung*: »Der christliche chinesische General Tir Kintschin eroberte Peking in heldenhaftem Sturm! Zu erwähnen sei, dass Tir Kintschin in Europa Heizer in einer Dampfwäscherei war und nun der Diktator von China ist.« Danach würde die besonders sensationelle Bemerkung des Redakteurs folgen: »Unseren werten Lesern soll nicht vorenthalten werden, dass Tir Kintschin jahrelang treuer Leser der *Volkszeitung* war. Ein weiterer Grund für ein Abonnement der *Volkszeitung*!«

Aber was sollte aus dem armen Angelov werden, sollte er ihn etwa seinem Schicksal überlassen? Sollte er sich jetzt gleich auf den Weg nach China machen? Sein Gesicht verfinsterte sich. Für so eine lange Reise brauchte man schließlich auch Geld. Und Tirs Besitztum bestand aus einem alten Bett, das zu verkaufen sich nicht lohnte, er würde es lieber für die Vagabunden aus dem Stadtwäldchen dalassen. Aber seine Stiefel hatten eine doppelte Sohle und waren gut gefettet; sein Messer reichte bis zum Herz, wenn es darum ging, es in jemanden zu stoßen; nur beim Geld wusste er nicht weiter. Woher sollte er welches bekommen? Wo konnte man heutzutage welches auftreiben?

Tir ging erschöpft in Richtung des Stadtwäldchens.

Die Bäume hier waren kalt und weiß wie hohe Kerzen: Auf ihren Spitzen glühte das Mondlicht – unter ihnen ging Tir entlang. Die Schatten lagen wie lebendig kreuz und quer übereinander, der Wind bewegte sie. Tir ging auf seinem Heimweg gedankenversunken über sie hinweg. Plötzlich – er wusste selbst nicht, wie er dahin gekommen war – befand er sich bereits im Keller, hatte schon ein Streichholz angezündet und zog dieses vor Almafins Zauberbuchstaben entlang: Nach und nach beleuchtete er alle Biegungen des wunderbaren »Merci«.

Er seufzte mehrmals tief, und als er daran dachte, dass er auch diesen großen Erfolg als künftiger chinesischer Heerführer geerntet hatte, als er das einsame Postament in der Mitte seines Kellers betrachtete, auf dem er in Gedanken an Almafin und das Himmelreich so oft gestanden hatte, kam es ihm vor, als hätte ihn ein großer Engel mit weißen Flügeln am Mantel gepackt, um ihn nach China zu ziehen.

Von dem Gefühl erhitzt, wollte er sich sogleich auf den Weg machen, hielt aber dann doch noch inne. Denn in dieser Nacht würde sich gewiss ein Besucher in den Keller verirren, irgendein einsamer Streuner. Mit einigen geschickten Handgriffen richtete er sein Bett, holte die kalte Asche aus dem Ofen und zündete ein Feuer an. Der kleine Ofen verströmte Wärme und warf Tir rote Abschiedsküsse zu. Dieser wartete geduldig ab, bis das Holz zur Glut wurde, und legte dann fachmännisch Kohle nach. Wenn heute Nacht jemand vor Kälte zitternd herkommt, dachte er, brennt hier ein Ofen, auf dem Tisch warten hundert Gramm Speck, ein halbes Roggenbrot und ein Messer auf ihn. Auch das Bett war in Ordnung, der Besucher würde sich getrost hineinlegen können, er konnte den Keller bekommen und später den nächtlichen Besuchern den kleinen Zettel zeigen, den Tir neben die Speisen auf den Tisch gelegt hatte:

Ich bin nach China gegangen, noch bin ich nicht gestorben.
Gott sei mit Euch, Freunde.
Hochachtungsvoll: Tir, der ehemalige Heizer des Phönix

Seine Augen glänzten: An der Wand war die Handschrift einer Frau mit Goldschuhen zu lesen, und diesen Zettel würden sich die, die am Winterfeuer sitzen würden, von Hand zu Hand reichen: »Der Heizer des Phönix war ein prächtiger Kerl«, würde man sagen und sich seine Geschichte erzählen. Und eines Tages würde dann in der *Volkszeitung* die Nachricht erscheinen: »Tir Kintschin, der Anführer der chinesischen Truppen hat Peking eingenommen«, und zu Weihnachten würden, wie zufällig, zwei Boten mit Zöpfen hierherkommen, mit zwei Truhen, gefüllt mit schwerem Gold, und würden sich unterm Bett verstecken.

Wenn der Streuner eingeschlafen sein würde, würden sie ihm die Taschen vollstopfen und einen Zettel danebenlegen: »Das schickt Tir. Wer einmal etwas bekommen hat, soll es nicht wagen, zurückzukommen. Jungs! Auf geht's nach China!«

Tir zog die Eisentüren hinter sich zu und winkte mit seiner Mütze dem Mond zu. »Auf dir werde ich nicht Straßenfeger!«, sagte er, formte aus den Händen eine Trompete und blies der Landschaft ein Lied.

Er bekam gerade den Nordwind in den Rücken, der bewegte die Flügel seines Mantels, er flog beinah. Und um ihn herum ritten gelbrauschend Millionen grinsender chinesischer Reiter los.

20

Quietschend und holpernd bogen die Wagen der Geflügelhändler aus den unebenen Nebenstraßen auf den dunklen Marktplatz ein. Wie Trappen saßen die eingemummten Händlerinnen neben den Kutschern, die sich Nase und Lippen mit dem Rauch ihrer Pfeifen wärmten. Die Wagenlampen warfen gelbe Münzen vor die Räder mit den dünnen Speichen. Bald kam es zu einem Stau, und die Pferde mit den Scheuklappen bewegten sich unruhig an den Stangen, bis endlich der Marktkontrolleur mit der offiziellen, steifen Mütze auf dem Kopf kam und den Verkäufern kurzerhand die Stände zuwies. Die Käfige wurden aus den Wagen gehoben, und die eingeschlossenen Hühner, Hähne, Enten und Gänse schlugen mit den Flügeln gegen die Käfigstangen. Auf dem Markt brach ein großes Kikeriki, Quaken und Schnattern aus, und auch die Stimmen der Verkäufer nahmen die Färbung von Tierlauten an. Manch einer zündete eine Kerze an, um der Dienstherrin, die kurz zuvor aufgestanden war, oder dem Dienstmädchen seine Ware zu zeigen. Dann begann das Feilschen, und schließlich öffneten die jüdischen Frauen, denn die meisten der Käufer waren jüdische Frauen, ihre Brieftaschen und bezahlten verärgert den wegen des hohen Feiertages angehobenen Preis. Später, im Morgenlicht, zog bereits eine größere Schar Juden zu den Geflügelständen: Es kamen Damen mit Hüten und, auf ihre Stöcke gestützt, auch einige ältere Herren, und mit magerem Hunger im Gesicht kamen auch die Armen, die Witwen und kauften ein faustgroßes Huhn oder einen jungen Hahn. Den Kaufpreis kramten sie in Münzen zusammen und zählten es dem Verkäufer sehr langsam und unter vielen Seufzern ab, als sie es jedoch hinter sich gebracht hatten, schlossen sie sich fröhlich plaudernd den anderen Frauen an, sprachen andächtig über das große Fest der Versöhnung, über die schöne Rede, die der Rabbi im Vorjahr gehalten hatte. Hebräische Sätze und deutsche Sprüche sprudelten nur so aus den blassen Mündern.

Auch Anna, das Dienstmädchen der Taubes, war unter ihnen und hörte, den Kopf in ein dickes Tuch gehüllt, diesen Gesprächen zu.

Sie beeilte sich, und je weiter sie durch die Straßen kam, desto heller wurde der Morgen.

Als sie nach Hause kam, schüttelte sie den Raureif von ihrem Kopftuch, schloss die beiden Tiere (ein weißes Huhn und einen jungen roten Hahn) in den Kohlenkasten und zerbröselte etwas Brot für sie.

Gegen zehn Uhr wurde nach ihr geläutet. Frau Taube saß aufrecht im Bett und wartete auf sie. Ihr Gesicht glänzte vom nächtlichen Schwitzen, ihre großen Augen flackerten dunkel. Im Bett neben ihr schlief Taube mit offenem Mund.

Sie winkte Anna zu sich.

»Haben Sie sie?«, fragte sie flüsternd.

»Ja. Die beiden zusammen haben fünf Pengő gekostet.«

Frau Taube nickte.

»Geben Sie ihnen bis zum Abend Wasser und Brot. Hier, das ist der Schlüssel des Schranks im Speisezimmer, nehmen Sie ihn. Öffnen Sie den Schrank und legen Sie, noch bevor er aufsteht, alle Gebetbücher auf den Tisch.« Sie machte eine kurze Pause und drückte sich die Hände gegen die Brust, als verursachte ihr das Sprechen Schmerzen. »Pst! Weder ich noch mein Mann haben heute Nacht geschlafen«, sie beugte sich nach vorn, um dem Dienstmädchen ins Ohr zu flüstern, »er wird sogar in die Synagoge gehen.«

Anna lächelte scheu und ergriff Frau Taubes Hand. Sie küsste sie leidenschaftlich.

»Wann kommt der Arzt?«, fragte Frau Taube, schüttelte sich und zog das Federbett höher.

»Mittag, gnädige Frau«, sagte Anna leise und wischte sich die Tränen aus den Augen.

Taube schien für einen Moment von dem Gespräch aufgeschreckt worden zu sein. Anna huschte schnell aus dem Schlafzimmer, und es wurde wieder still.

Frau Taube, ihre Decke bis zum Kinn hochgezogen, traten schwere Schweißperlen auf die Stirn. Ihre schwarzen Augen hefteten sich an die Zimmerdecke, als wollte sie diese durchbohren und Gott, den sie dahinter vermutete, mit ihrem Blick fassen. Wir sind krank, wir werden alt, klagte sie innerlich, allein Du kannst uns helfen.

Von diesem Flehen wurde sie plötzlich ganz schwach, als wäre Gottes Name auf ihrer Brust niedergekniet; sie bekam kaum Luft, ihre Kräfte verließen sie und sie seufzte fiebrig. Diese fromme Qual dauerte bis Mittag, dann schlief sie ein und hörte nicht das Glockenläuten, das durch die zum Lüften geöffneten Fenster hereindrang. Taube war schon wach und hatte sich gerade angezogen. Er trug schwarze Festtagskleidung, ein leuchtend weißes Hemd mit Umlegekragen und Manschetten, die unter den Mantelärmeln hervorsahen. Er war sehr ernst und beherrscht, an diesem Tag blickte er nicht nervös in alle

Ecken, rannte nicht durch die Wohnung, um seinem Unmut Luft zu machen, er wirkte eher, als wolle er mit jedem Schritt im Boden Wurzeln schlagen. Kühl und knapp sagte er zum Arzt, der gerade angekommen war:

»Meine Frau ist eingeschlafen. Sollen wir sie wecken, oder kommen Sie heute Abend zurück, Herr Doktor?«

Der Arzt erkundigte sich, wie die Nacht verlaufen war, gab Anna Anweisungen und ging. Taube sah ihm mit einem geraden, harten Blick nach, und als sich der Arzt umwandte, verabschiedete er sich noch einmal ernst.

Ihm war anzusehen, dass in seiner bisher schwankenden Stimmung eine große Veränderung eingetreten war. Er selbst fasste das mit einem Wort zusammen: *Gott!* Mit zusammengebissenen Zähnen dachte er an ihn, wie ein Kämpfer an den letzten Angriff.

Er blickte mehrmals ins Zimmer seiner Frau, zog dann aber die Tür zu. Sie sollte in Ruhe schlafen, sie war ja krank. Mit bedeutungsvollen Schritten ging er auch in die Küche, dort warf er einen Blick auf die Opfertiere und fragte lediglich:

»Warum haben Sie mir einen roten Hahn gebracht?«

Dann setzte er die Brille auf, strich sich über die Stirn und schaltete den Kronleuchter an. Er hatte noch am Vortag die bunten Glühbirnen in den Kronleuchter gedreht, wodurch sich nun Regenbogenlicht im Zimmer ausbreitete, als fiele unentwegt starker Sonnenschein durch ein Glasprisma. Taube setzte sich seinen steifen Hut auf.

»So«, sagte er, »fangen wir also an.«

Er sortierte die Gebetbücher auf drei kleinere Stapel. Ja, er wollte alle Gebete nacheinander beten. Als er sich die drei Bücherstapel besah, hatte er das Gefühl, das sei nichts, seine Seele würde jetzt hundertmal so viele Gebete benötigen.

»Mein Gott!«, sagte er und schlug das erste Gebetbuch auf. Jetzt würde er von hier aus, unter dem vielfarbigen Kronleuchter sitzend, unmittelbar zu Ihm sprechen.

»Mein Gott! Ich werde beten.«

Nun begann er: Zunächst kletterte er mit den Augen durch das komplizierte Gestrüpp der hebräischen Buchstaben, dann sog er die Übersetzung auf und schon war ihm, als sehe er den donnergrollenden Gott, der die Zedern von Libanon zum Tanzen brachte und mit seinem Orkanbrodem die Sterne aus dem Licht in die Dunkelheit blies. Er sah den Herrn auf dem Berg Sinai vor dem blassen Israel in flackernden Flammen lodern.

Er wurde ganz fiebrig vom Beten. Er las die Gebete gierig, jedes Wort traf ihn wie ein Faustschlag, und seine Nerven dröhnten. Hoffnungsvoll schaukelte er zwischen den Wolken, um dann zu einem Staubkorn zu schrumpfen und auf den Wind zu warten, der ihn ins Nichts mitreißen würde.

Jede Seite war ein Tor, dessen Öffnen und Schließen Taube zunehmende Pein bereitete.

Aber er würde nun unbedingt und auf einen Schlag alles einholen, was er bisher versäumt hatte!

Verstohlen blickte er sich um: In allen Ecken lauerten ihm die Qualen der Vergangenheit auf, hier das verwesende Gesicht Madame Ilcsis, dort Angelov, der Chlor und Schwefelsäure ausatmete.

»Es reicht!«, rief Taube und versuchte, die Schreckensbilder mit den Händen zu verscheuchen. »Mein Gott! Mein Gott!«

Plötzlich bekam sein Blick einen triumphierenden Ausdruck und er schlug lachend das Gebet für den zweiten Neujahrstag auf. Atemlos liefen ihm die heiligen Worte über die Lippen, Meere wogten in ihm und die Sterne zitterten wie ins Weltall gestellte Kerzenflammen.

Er begab sich unter Engel, gemeinsam sangen sie, der Schatten ihrer weißen Flügel berührte seinen Rücken; etwas weiter weg ließ König David unbemerkt seine leise Harfe erklingen, und Quellen flossen wie Ströme junger Mädchen über den Himmel.

Während er durch die Seiten blätterte, nahm seine Kraft weiter ab, als hätte er mit ihnen zu kämpfen, sein Körper und seine Seele erschöpften sich. Er legte den Kopf auf den Arm, um sich ein wenig auszuruhen, und horchte dabei auf das Rumoren in seinem Gehirn. Es summte wie ein Bienenkorb.

Mehrmals versuchte er, den Kopf zu heben und das Gebet fortzusetzen, aber es gelang ihm nicht. Also ruhte er sich aus und murmelte das, was ihm einfiel.

Dann schlief er vor Erschöpfung ein. Als er erwachte, fror er. Er schüttelte sich, hustete. Die Lampen brannten bunt über ihm, draußen war es bereits dunkel. Die Sterne schienen vom klaren Himmel grell herein.

Er öffnete vorsichtig die Tür zum anderen Zimmer. Frau Taube schlief immer noch. Behutsam zog er die Tür wieder hinter sich zu und ging auf Zehenspitzen durchs Dunkel.

»Anna«, sagte er leise, »geben Sie mir bitte den Hahn.«

Das erschrockene Gackern der Tiere war zu hören. Er nahm den Hahn durch die nur einen Spalt geöffnete Tür entgegen, ohne Anna sehen zu können.

»Gehen Sie für eine Stunde aus«, sagte er noch, »ich möchte Ruhe haben.«

»Ja«, antwortete Anna gedämpft.

Er lauschte, bis bald darauf die Eisengittertür zufiel. Nun war er allein, die Lampen brannten.

Er hob den Hahn hoch. Dieser war paprikarot, die Augen glühten gelb, er hatte einen trotzigen kleinen Schnabel. Er zeterte und schlug mit den Flügeln.

Taube setzte ihn auf den Boden und zündete erregt die Festtagskerzen an.

Er zog den Hut tiefer in die Stirn und räusperte sich.

Sein Herz schlug stark. Zum ersten Mal nach zwanzig oder dreißig Jahren betete er wieder. Er hob den Hahn und schwang ihn über seinem Kopf. »Seeeh …«, begann er, und ihm war, als flatterten Zauberflügel über ihm, die die Sünden wie Staub von ihm wischten.

»Halifohsi«, rief er begeistert und hielt in der Armbewegung inne.

Blut, Gras, Himmel rieselte aus den roten, grünen, blauen Glühbirnen in seine Augen. Und es war, als ob ihm die Kerzen mit ihren winzigen Flammenhänden gegen die Brust schlugen. Plötzlich breitete der Hahn über seinem Kopf die Flügel aus, kreischte und flatterte. Mit seinem spitzen Schnabel hackte er Taube ins Handgelenk, was diesen völlig verdutzte. Der festliche Glanz war verschwunden, Taube hielt krampfhaft die Beine des Tieres fest und blickte ängstlich zu ihm hinauf.

Der Hahn zitterte am ganzen Körper, seine Flügel streiften Taubes Gesicht, das er rasch abwenden musste, da ihm das wütende Tier ansonsten ins Auge schlagen würde.

Taube bemühte sich, ihn auch mit der anderen Hand zu fassen.

»Hähnchen, Hähnchen«, sagte Taube, um ihn zu beruhigen, aber das große Gefühl der Versöhnung, das zauberhafte Flügelrauschen und das Kreisen um seine Sünden, all das war längst verschwunden. Er stand wieder auf dem Boden, die Gebete waren von ihm abgefallen wie Asche, er fuchtelte und plagte sich mit dem immer wilder werdenden roten Hahn ab.

Er hielt ihn bereits mit beiden Händen und schwang ihn gewaltsam über dem Kopf:

»Seeh halifohsi«, versuchte er erneut das Gebet aus dem Buch vorzulesen, das vor ihm lag, aber der Hahn flatterte und hackte weiterhin unentwegt auf seine Hände ein.

Als Taube die beiden Arme so in die Höhe streckte und verängstigt hinaufblickte, als wollte er mit den Augen ein Gebet einfangen, sah er aus, als seien ihm die Fußsohlen am Boden festgewachsen und ein Adler wolle ihn in die Lüfte hochheben. In diesem Ziehen zwischen Himmel und Erde wäre er beinah zerrissen. Keuchend hielt er die Beine des Hahns fest, und allmählich kochte alle Bestürzung, alle Aufregung in ihm auf. Und da kam langsam Madame Ilcsi auf ihn zu, mit eitrigem Gesicht und einem Seil um den Hals, da kamen sie alle.

Er musste das rote Tier loslassen, als wäre es aus Feuer, und sah ihm zu, wie es gequält und wie von Sinnen in der Luft herumflatterte.

Der Hahn war auf den Kronleuchter geflogen und hatte sich auf einer Glühbirne niedergelassen, sprang jedoch sofort auf die nächste, denn sie brannten schon länger und waren sehr heiß geworden. Er flatterte von einer runden Glühbirne zur nächsten und stieß dabei schwache Schreie aus; der Kronleuchter, der an einem Glasstrang hing, schaukelte, und mit ihm schaukelten die Farben, rot, blau, grün, weiß über die Wand. Das Zimmer war wie ein von einem betrunkenen Kapitän gelenktes Schiff, das mit den Wellen hinauf- und hinabstürzte.

Ängstlich krallte sich Taube an seinem Stuhl fest, ihm war schwindelig geworden. Er blickte zu dem wilden

Hahn, der schrie, mit den Flügeln schlug und auf dem klimpernden Glasleuchter schaukelte.

Waren sein großes Gebet, mit dem er hierher gelangt war, die vielen Qualen und Kämpfe, die Tage ohne Liebe alle nichts wert? Gab es denn für seine Sünden keine Vergebung?

Plötzlich lief sein Gesicht rot an, er ergriff ein Gebetbuch und schleuderte es mit voller Kraft gegen den Hahn. Im Flug fiel aus dem Gebetbuch eine alte gepresste Blume. Das Buch traf nicht den Hahn, sondern die grüne Glühbirne unter ihm: Diese zerbarst mit einem Geräusch wie ein Pistolenschuss; der Hahn sprang in die Luft, schrie und flatterte blind gegen die Wand, wo er sich festzukrallen versuchte.

Das Gebetbuch schlug inmitten der Glasscherben hart auf dem Tisch auf, geöffnet, klappte dann jedoch zu und fiel um wie ein Toter.

Auf einmal wollte Taube sich mit dem Stuhl auf alles stürzen, sogar die Wände wollte er kurz und klein schlagen, dann fing er an zu zittern, als rüttelte ihn eine starke Hand an der Schulter und stieße ihn in Richtung der Tür. Die Türen flogen vor ihm auf, auch die Fenster wollten aufspringen, der Hahn hockte ganz verstört auf dem Boden. Eine Minute später rief Frau Taube im Fieber, um Atem ringend:

»Jenő! Jenő!« In ihrem langen Nachthemd lief sie durch die Wohnung und rief sogar auf die Straße hinaus:

»Jenő, wo bist du? Jenő!«

Es wehte ein schneidender Wind, sie musste sich vor ihm im Bett verstecken. Dort verlor sie das Bewusstsein.

21

Vor kurzem war ein neuer Arbeiter in die Dampfwäscherei Phönix gekommen; als er zerstreut die Türschwelle betrat, tat sein Herz einen Sprung, ganz gleich, wie dunkel und traurig dieser Ort wirkte. Er war so froh, eine Stelle bekommen zu haben. Er war Tirs Nachfolger als Heizer. Ein hochaufgeschossener junger Mann mit etwas Flaum im Gesicht. Am dritten Tag brachte er bereits seine Okarina mit, die er auf dem Jahrmarkt gekauft hatte, denn hier im Kesselhaus war es wirklich still, hier gab es eine wirkliche Morgendämmerung; in den viereckigen Mündern der Kessel flackerten rote Feuer, durch die Dampfrohre blies großer, warmer Atem. Er holte in der Stille seine Okarina hervor und pfiff dem anbrechenden Tag entgegen. Und als er diese leicht schiefe Morgenmusik beendet hatte, schickte er sich erneut an, seine Kessel und Heizwerkzeuge besser kennenzulernen. Denn hier war der Stiel der Kohleschaufel viel dicker als in der Autofabrik, in der er zuletzt als Heizer gearbeitet hatte; dieser Hartholzstiel lag ihm immer noch so fremd und störrisch in der Hand wie eine Toter. Er musste ihn zwei Tage lang streicheln und hätscheln; dann erst gab der Schaufelstiel freundlich nach und ließ auch seine Hand sich an ihn gewöhnen. Endlich schmiegten sie sich freundschaftlich aneinander.

Der neue Heizer scheute sich nicht, früh am Morgen zu musizieren, denn er wusste, dass andere Heizer noch verrückter waren als er, jeder von ihnen hatte seine eigenen Schrullen. Schließlich funkelte in ihren Pupillen ständig das Feuer.

Dieser Morgen war wie die Seele eines Schakals: voller Leichen. Seinen matten Glanz hatten ihm Gespenster und schädelförmige Schneewolken verliehen. Der Himmel glich einem klammen Bettlaken, auf dem die letzten Himmelsflammen, Monde und Kometen wie Blutflecke leuchteten.

Der Heizer saß jedoch ruhig auf seiner Kiste.

Er stieß mit dem Holzpantoffel einige Glutstücke beiseite, lehnte den Kopf an die Wand und blies seine Seele in die leere Luft. So vergingen einige träge Minuten, dann zuckte er jedoch zusammen, da draußen die Tür aufging, wieder zufiel und jemand mit langgestreckten Schritten über den Gang lief. Kaum war er aufgestanden, als atemlos ein schwarzgekleideter Herr mit gefrorenem Gesicht eintrat; er trug keinen Hut, an seinen langen Wimpern hafteten wie Silberkügelchen die Sterne des Frosts. Seine Schuhe waren durchnässt, seine Hosenbeine voller Schnee. Der Heizer nahm rasch seine Mütze vom Kopf.

»Herr Taube …«

Er wurde ganz aufgeregt und wusste nichts mit sich anzufangen. Was wollte der Alte hier? Was für eine Inspektion war das, wobei wollte er ihn erwischen? Schließlich öffnete er die Kesseltüren und schaufelte wie von Sinnen Kohle hinein. Taube sah ihm mit funkelnden Augen zu und rückte näher an die Wärme. Er verzog das Gesicht qualvoll und schüttelte seinen ergrauten Kopf.

Der Heizer warf ihm einen scheuen Blick zu: War er vielleicht krank oder betrunken? Er beugte sich näher an

Taube heran, um den Geruch des Weins wahrnehmen zu können.

»Dampf«, sagte Taube und trat erschrocken einen Schritt zurück. »Gib Dampf, hörst du?«

Der Heizer ergriff verwirrt den Dampfhahn.

Taube stellte sich sofort auf Zehenspitzen. Er lauschte gespannt dem heiseren Klappern der Dampfrohre und folgte dem Pfeifen.

So, auf Zehenspitzen, ging er ganz bis zum Lichtschalter der Waschküche, dort stellte er sich wieder auf die Sohlen und drehte am Schalter. Im Licht hingen die langen Riemen straff über ihren großen Schatten, wie schlafende Schlangen wanden sie sich um die Stahlräder. Taube senkte die Lider ein wenig, wanderte mit dem Blick die Wände entlang, bis dieser glasig an der großen Waschmaschine hängen blieb. Da stand sie gierig, mit ihrem weit geöffneten schwarzen Eisenmaul unter den anderen, die neben ihr wie Zwerge wirkten. Vor ihr feuchter, kalter Betonboden, wie die Treppe des Schafotts. Und an der Seite ein Fass voller blutiger Kleider. Wie ein Henker, der in seinem roten Umhang auf den Arm gestützt schläft.

Taube erschauderte, als er am Anlasser des Motors zog: Der Dynamo sprühte Funken, und mit einem Geräusch wie ein Peitschenhieb setzten sich die Treibriemen in Bewegung.

Taube wandte sich erneut der großen Waschmaschine zu. Er spürte, dass er Millionen schmutziger Kragen, Hemden, Bettlaken in sich trug: die gesamte dreckige Wäsche des Phönix. Diesen Dreck konnte nur eine Maschine auswaschen. Die ganze Nacht über hatte er versucht, ihn aus sich herauszuzerren, seine Arme waren dabei ganz kraftlos geworden. Vergeblich. So würde es Jahre dauern, er könnte schrubben und wringen, wie er wollte. Wenn er sich aber in die Maschine legte, wüsche sie ihn und er wäre mit einem Schlag sauber.

Er hielt sich am Griff der Maschine fest. Fröstelnd kletterte er durch die offene Klappe ins kalte Wasser. Um ihn herum rauschten die Räder und die langen Riemen; in den Rohren prustete und fauchte der Dampf; der Lärm drehte sich im Kreis wie ein großes Rad und Taube dachte: Es wäre gut, wenn auch ich mich endlich herumdrehte.

Zunächst griff er jedoch hinaus zum Dampfhahn, da er sehr fror. Nun erwärmte sich das Wasser, es prickelte angenehm; Taube streckte sich darin aus und schloss die Augen. Später beugte er sich vorsichtig aus der Maschine, um die Riemengabel zu erreichen, er ergriff sie mit seinen feuchten Fingern und zog sie mit Mühe nach rechts. Als hätte man ihm auf die Finger geklopft, zog er sie plötzlich zurück. Der ausgestreckte rechte Arm wurde samt Taube in die Maschine gerissen, in die Öffnung, aus der das durch die Drehung aufgewirbelte Wasser spritzte.

Vor der offen stehenden Öffnung der Maschine hing ein rauschender Wasserschleier, hinter dem nach einigen dumpf erstickenden Klagelauten Taubes Körper erschien, der auf und ab geworfen wurde, während die große Trommel sich immer schneller mit ihm drehte. Die Trommel drehte ihre Kreise auf der Achse und schleuderte, wie dreckige Wäsche, den Eigentümer des Phönix umher. Die Maschine lief und klagte wie ein Mensch, und sie drehte sich, drehte sich wie die Erde. Sie lief und spuckte Blut wie die Kriege. Und das Todesfass, das ihr gegenüber hockte, sog das Blut, das sie spuckte, durstig auf.

ANHANG

NACHWORT

Ruinen einer römischen Bürgerstadt, zwei Amphitheater, ein Aquädukt, einige Kirchen, eine klassizistische Synagoge, ein barockes Schloss, einige repräsentative zweistöckige, ansonsten vor allem einstöckige Häuser, große, luftige Plätze, breite, teilweise ungepflasterte Straßen und hinter all dem grüne Hügel und Wälder. Das war der Budapester Stadtteil Óbuda (Alt-Ofen) zu Beginn des zwanzigsten Jahrhunderts. Eine verträumte Gegend am Rande von Budapest, beliebtes Ausflugsziel der Pester Bürger. Aber eine andere Welt gab es hier auch: die der Arbeiter des Gaswerks, der Werft, der Ziegelei. In diesen beiden Welten wuchs Andor Endre Gelléri ab seinem sechsten Lebensjahr auf.

Gelléri wird am 30. März 1906 geboren, in einem der Mietshäuser für die Angestellten der Ungarischen Staatlichen Eisenbahn neben dem Bahnhof Keleti, in der Wohnung von Gelléris Großeltern väterlicherseits, bei denen die Mutter gerade zu Besuch ist. Gelléris Eltern leben zu dieser Zeit im jüdischen Viertel Erzsébetváros (Elisabethstadt), wo sich auch die Geldschrankschlosserei befindet, die der Vater gemeinsam mit einem Geschäftspartner betreibt. 1908 zieht die Familie in den Stadtteil Ferencváros (Franzstadt), neben das Budapester Kunstgewerbemuseum. In einem Gespräch mit

Zsigmond Móricz sagt Gelléri 1932, dass seine frühesten Erinnerungen in diese Zeit zurückreichen. Er habe sich damals ins Kunstgewerbemuseum geschlichen, um die Bilder und Kunstgegenstände zu bestaunen, habe aber auch oft die Syphilis-Kranken im Garten der auf der gegenüberliegenden Straßenseite gelegenen Klinik beobachtet und die Toten beweint, die in dem kleinen Klinikfriedhof bestattet wurden.

1912 zieht die Familie nach Óbuda, wo der Vater sein eigenes Geschäft mit dem stolzen Namen »Budapester Geldschrank- und Tresorenfabrik« eröffnet. Der ebenfalls aus Óbuda stammende Kritiker und Literaturhistoriker Gábor Halász erinnert sich 1934 in einem längeren Artikel über Gelléri in *Nyugat*, der damals führenden Literaturzeitschrift: »Es gab in Óbuda, am Fuß des Berges, in unserer Straße eine Geldschrankfabrik. Den Namen verdankte diese Werkstatt, die in einem tiefen Kellerraum lag, dem Ehrgefühl der Straße. Manchmal, wenn ich auf die Straßenbahn wartete, stand ich davor und sah gern dem Geschehen drinnen zu; hinter den Fenstern blitzten blau leuchtende Lichter auf, kaum erkennbare Gestalten bewegten sich durchs Halbdunkel, man hörte die schrillen Geräusche der Bohrer und über die Treppe wurden zentnerschwere Lasten hinauf und hinab geschleppt. Aus dieser immer geschäftigen, immer lärmenden Unterwelt, dem Reich seines Vaters, kam manchmal ein Junge mit kräftigen Knochen, breiten Schultern und dichten, schwarzen Haaren herauf, in Arbeiterjacke, verschwand in den Bergen oder übte sich in der Ecke eines verlassenen Grundstücks im Diskuswerfen und erfreute sich an der Kraft seiner Muskeln.« Als Halász Jahre nach der Zeit, von der er hier spricht, die Erzählungen von Gelléri liest, kann er nur schwer glauben, dass die »seltsamen, vagen Geschichten, die Märchen einer von Träumen genährten Vorstellung« aus der Feder dieses Jungen mit dem »robusten Körper« und den »riesigen Händen, die die Diskusscheibe hielten«, stammten. Heute, mit größerem Abstand, scheint es keineswegs verwunderlich. Denn neben dem verzauberten, lyrischen Ton, der die Zeitgenossen auf Gelléris Erzählungen aufmerksam werden ließ, sind es die enorme Kraft und das stets vordergründige Bewusstsein um die physische Existenz des Menschen und alles, was damit einhergeht, die alle seine Texte auszeichnen.

1914 wird der Vater zum Kriegsdienst eingezogen, der Rest der Familie lebt wegen der erschwerten wirtschaftlichen Lage ab diesem Zeitpunkt bei den Großeltern mütterlicherseits in deren Wohnung auf dem Gelände der Ziegelei. Gelléris Mutter arbeitet, wie schon in ihrer Jugend, nun wieder in der Kantine der Fabrik.

»Mein Schicksal hat mich in das Land der Armen geworfen, und hier hat sich mein sozialer Blick ausgebildet«, berichtet Gelléri 1934 in einem Interview mit der Zeitschrift *Literatura.* »Mein Vater war Kleingewerbler. Er baute Geldschränke. In seiner Werkstatt begegneten mir zum ersten Mal die Welt und die Erscheinungen der Welt. Hier wuchs ich auf, in der kleinen Werkstatt in Óbuda, in der Nähe der Ziegelei. Meine Großeltern waren Kantinenwirte in der Ziegelei ... das war das wahre Land der Armen. Es gibt keine Nation auf dieser Welt, die unter den Arbeitern der Ziegelei nicht vertreten gewesen wäre. Es gab einen Polen unter ihnen. Ein wuchtiger Halbwüchsiger. Er hieß Joschko. Dieser Joschko hatte einen Phonographen, auf dem er den anderen abends nach der Arbeit für geringes Trinkgeld ihre Hymnen und Volkslieder vorspielte. Diese Abende waren wie aus einer Illustration von Doré. Die Arbeiter saßen auf ihre Ellbogen gestützt im Lampenschein. Die Nationen heulten hier ihre Klagen in die Nacht ... Die ferne Heimat und so. Und ich habe ihre Spiele gesehen. All das war Revolution, in ihrer unfertigen Form. Damals war ich sechs Jahre alt und lernte gerade lesen. Ich verspürte eine unsägliche Lust, die Welt, die mich umgab, abzubilden. Ich formte Skulpturen aus dem Lehm, den ich in der Lehmgrube fand, ich zeichnete; alles, was ich sah, zeichnete ich. Und das nie nur zum Spaß. Einmal sah ich nach einer Explosion in der Ziegelei die Leichname der Opfer ... Wie sie dalagen. Dort, in der bedrückenden Stille wurde mir klar, dass etwas nicht in Ordnung war, dass man an den Dingen etwas ändern musste, und das rüttelte mein Gewissen wach.«

Hier, am Rande der Großstadt, lebt Gelléri also inmitten der Freuden und des Kummers der Arbeiter, streunt durch die Ziegelei, die Lehmgrube, die Straßen und durch die nahegelegenen Wälder. Neben der Kindheit in Óbuda, gibt es in Gelléris unvollendetem autobiografischem Roman »Die Geschichte eines Selbstgefühls« ein weiteres wiederkehrendes, sein Leben stark bestimmendes Thema: das schwierige Verhältnis zu den Eltern, insbesondere zum Vater. Hier schreibt er: »Manchmal begegnet uns Gott in Gestalt eines Menschen. Für mich war mein Vater der Gott, den ich fürchtete.« Und an einer anderen Stelle: »Ein Mann mit einem riesigen Kopf; blonden Haaren und einem dicken Schnurrbart wie der von János Arany. Ein leidenschaftlicher Antisemit, obwohl selbst Jude; er hasst Sozialisten und Kommunisten. Am Versöhnungstag isst er Speck und raucht. Und nach dem ersten Herzanfall schleicht er kleinlaut in die Synagoge. Ganz seltsam kommt er mir vor, wie er dasitzt und die lange vergessenen hebräischen Buchstaben zu entziffern versucht. Beim Gebet sieht er mich nie an, als schäme er sich für diese späte Frömmigkeit. Und während seine Familie in seiner Nähe erfriert, zünden fremde christliche Frauen nach seinem Tod Kerzen für ihn an; und wenn meine Mutter und ich sein Grab besuchen, finden wir stets Blumen, die nicht wir hingebracht haben. Weshalb liebt er mich nicht? Weshalb bemängelt er alles, was ich tue? Weshalb glaubt er nicht daran, dass ich es wert bin zu leben? Weshalb hat er kein einziges nettes Wort für mich übrig? Wie ein Besessener verlangt er von mir, Schlosser zu werden, aber während er seinen Gehilfen gegenüber nachsichtig ist, wenn diese einen Nagel oder eine Schraube im Müll lassen, spuckt er mich an, wenn er mich bei einer solchen Nachlässigkeit ertappt.«

Zunächst beugt sich Gelléri dem väterlichen Druck und absolviert eine dreijährige Ausbildung im Bereich Eisen- und Metallindustrie an einer Budapester Industriefachschule. Gleichzeitig schreibt er jedoch Erzählungen, mit denen er sich in den Budapester Literaturkreisen sehr bald einen Namen macht. Als »Ich möchte gern Trompete spielen« in der Tageszeitung *Az Est* erscheint, ist Gelléri gerade mal achtzehn Jahre alt. Diesen frühen Erfolg verdankt er unter anderem wohl auch seiner frühen literarischen Reife. Bereits in seinen ersten Erzählungen ist alles enthalten, wodurch die späteren so unverkennbar werden, und bald findet er auch zu dem Thema, das ihn in seinem gesamten späteren Werk beschäftigen wird: das Leben der Arbeiter.

Lajos Mikes, der Redakteur des Literaturteils von *Az Est*, erkennt Gelléris Talent, wird zu seinem Mentor und zu einer Art Ersatzvaterfigur. Auch andere wichtige Protagonisten des Budapester Literaturlebens werden auf Gelléri aufmerksam und äußern sich lobend über seinen ungewöhnlichen Ton. Dazu gehören László Németh, Lőrinc Szabó, Sándor Márai, Tibor Déry, Milán Füst und auch Dezső Kosztolányi, dem Gelléri den unseligen Stempel *tündéri realizmus* (»feenhafter / märchenhafter Realismus«) verdankt, der seitdem hartnäckig mit seinem Namen verbunden durch die ungarische Literaturgeschichte geistert. Es ist zwar nachvollziehbar, warum die meisten Kritiker in Zusammenhang mit Gelléris Werk damals vor allem über das Verschmelzen von Traum und Wirklichkeit sprachen, schließlich handelte es sich hierbei um etwas in der ungarischen Literatur völlig Neues. Das bedeutet aber nicht, dass man heute nicht ein bisschen vorsichtiger mit der Betonung des Märchenhaften, Traumhaften sein sollte, da man Gefahr läuft, Gelléris Schaffen auf eine Komponente zu reduzieren. Außerdem bezog sich dieser von Kosztolányi geprägte Begriff vor allem auf Gelléris frühe Erzählungen und trifft auf die späteren gar nicht mehr so sehr zu.

Obwohl Gelléris Erzählungen in den Zeitschriften und Zeitungen von damals vielfach veröffentlicht werden, er Stipendien bekommt und Literaturpreise gewinnt, muss er seinen Lebensunterhalt immer auch mit anderen Arbeiten verdienen. Zu dem Zeitpunkt, als er seinen Abschluss an der Industriefachschule macht, hat der Vater seine Geldschrankschlosserei aus Mangel an Aufträgen bereits schließen müssen, und aufgrund der allgemein schlechten wirtschaftlichen Lage und der hohen Arbeitslosigkeit hat Gelléri auch sonst keine Aussichten auf eine Anstellung. Durch die Verbindungen der Mutter kommt er in eine Dampfwäscherei und beginnt dort eine Ausbildung als Färber. Diese Zeit ist auch für sein literarisches Schaffen von großer Bedeutung und markiert eine Wende. In »Die Geschichte eines Selbstgefühls« schreibt Gelléri, sein Freund, der Kulturhistoriker, Dichter und Redakteur Pál Szegi, habe ihm den entscheidenden Impuls gegeben, sich der Welt zu widmen, die ihn unmittelbar umgab: »›Du lebst hier‹, sagte er und deutete mit dem Finger auf die Dampfwäscherei, ›und hast noch nichts über diese armen kleinen Proletenmädchen geschrieben, über die Waschjungen, über das Elend und die Qual, die dich umgibt.‹ (...) Noch in derselben Nacht schrieb ich eine Erzählung, deren Titel aus nur einem Wort bestand: LEBEN.«

Bevor er diese Erzählung schrieb, steckte Gelléri in einer tiefen Schaffenskrise, in seinen Briefen beklagte er sich, dass seine Figuren »ohne Themen kommen« und dann »in den Himmel hinaufspazieren«. Er hatte bereits in jungen Jahren eine Form für sich gefunden, eine Form, die ausgezeichnet zu den atmosphärisch starken, oft düsteren Erzählungen passte, deren Geschichten sich häufig im Nebel verloren. Das Thema spielte in diesen eine untergeordnete Rolle, was Gelléri zunehmend störte. Und nun bemerkt er auf einmal, dass die Geschichten, die von ihm geschrieben werden wollten, in seiner unmittelbaren Umgebung auf ihn warten. Plötzlich ist sie wieder da, die »unsägliche Lust, die Welt, die mich umgab, abzubilden«. Wie eine Festtagsglocke läutet die Erzählung »Leben« schon mit ihrem Titel eine neue, außerordentlich fruchtbare Zeit in Gelléris Schaffen ein: Le-ben, Le-ben schellt sie, und dieser

Klang des schmerzhaften, ja, oft qualvollen, verwirrenden, niederschmetternden Lebens, in dem immer wieder die Momente des Glücks, der Heiterkeit, des Rausches aufblitzen, dieser Klang soll von nun an alle seine Texte erfüllen.

Der Erzählung folgen noch weitere Dampfwäscherei-Erzählungen und der Roman »Die Großwäscherei«, der ab November 1930 in Fortsetzung in der Tageszeitung *Magyar Hírlap* und 1931 in stark überarbeiteter Form als Buch erscheint.

Aus verschiedenen Gründen, unter denen die allgemeine Arbeitslosigkeit wohl eine entscheidende Rolle spielt, wechseln Gelléris Brotberufe häufig. In einem Interview anlässlich der Verleihung des Kálmán-Mikszáth-Literaturpreises für »Die Großwäscherei« sagte Gelléri: »Wenn ich genauer darüber nachdenke, war ich bis zu meinem vierundzwanzigsten Lebensjahr Schlosser, Geldschrankbauer, Industriezeichner, Färber, Athlet, Händler, Vertreter, Erzieher und Arbeitsloser.« Die Schriftstellerkollegen versuchen Gelléri bei seiner Arbeitssuche nach Möglichkeit zu unterstützen. Kosztolányi verfasst 1932 ein herzerwärmendes Empfehlungsschreiben an Budapests Oberbürgermeister, das von zahlreichen bedeutenden Schriftstellern mitunterzeichnet wird. Das Oberbürgermeisterherz lässt sich jedoch nicht erwärmen. Erfolgreicher ist Miksa Fenyő, Mitbegründer der *Nyugat*. Gelléri liest bei einer Veranstaltung dieser Literaturzeitschrift eine Skizze vor, in der es darum geht, dass er, der Schriftsteller, auf Bitte eines gefeuerten Seifenvertreters die Seifenmarke in einer seiner Erzählungen geändert hat. Der ehemalige Chef ist beeindruckt, dass der Vertreter ihn hat überzeugen können, außerdem sieht er das Werbepotenzial, das darin steckt, und stellt den Vertreter wieder ein. Als Fenyő erfährt, dass Gelléri wie sein Protagonist arbeitslos ist, verhilft er ihm zu einer Anstellung. In dieser kann Gelléri leider auch nicht lange bleiben, da dem kleinen Betrieb bald die Aufträge ausgehen. Einige Zeit später bekommt er jedoch, wahrscheinlich wieder durch Fenyős Vermittlung, eine Stelle in einer Budapester Textilfabrik, zunächst in der Abrechnungs-, dann in der Logistikabteilung. Hier bleibt er bis zum 31. Oktober 1942, als er aufgrund der Judengesetze entlassen wird.

1937 heiratet er Julianna Dreier, mit der er 1939 seine Tochter Ágnes und 1941 seinen Sohn József bekommt. Ab Ende der dreißiger Jahre bekommen er und seine Familie den wachsenden Antisemitismus deutlich zu spüren; das Leben überhaupt zu meistern, wird zunehmend zu einer täglichen Herausforderung. Ab 1941 schreibt Gelléri kaum noch, der Großteil seiner über hundert Erzählungen stammt aus der Zeit davor. In den folgenden Jahren wird er immer wieder zu sogenannten »Arbeitsdiensten« einberufen. Laut Gesetz handelte es sich dabei um einen nicht bewaffneten, den Militärdienst ersetzenden Dienst in der ungarischen Armee, den für untauglich erklärte Männer antreten mussten. In Wirklichkeit ging es jedoch darum, »politisch unzuverlässige Personen« und vor allem jüdische Männer zu Arbeiten unter unmenschlichen Bedingungen zu zwingen, sie dadurch zu erniedrigen, zu zermürben, zu zerstören. Wegen der schlechten Versorgung und dem brutalen Umgang starben viele Tausende Arbeitsdienstleistende.

In den Pausen zwischen den Arbeitsdiensten schrieb Gelléri an seinem autobiografischen Roman, der jedoch unvollendet blieb. 1944 wurde er deportiert, kam zunächst in das KZ Mauthausen, dann in das KZ Gunskirchen. Wenige Tage nach der Befreiung des Lagers starb Andor Endre Gelléri im Alter von neununddreißig Jahren in einem Krankenhaus bei Wels an einer Flecktyphusinfektion.

Dass Gelléri sich gerade in einer Dampfwäscherei von den verschwommenen, düsteren Erzählungen der Anfangszeit, deren schemenhafte Protagonisten wie im Halbschlaf, von Ängsten und fixen Ideen besessen durch die Tage taumelten, verabschieden konnte, um sein Lebensthema zu finden, war vielleicht kein Zufall. In dem heißen Dunst war alles verschwommen, man musste die Augen anstrengen, um sehen zu können. Und Gelléri wollte sehen. Immer mehr, immer genauer. Er wollte über die Arbeiter schreiben, über ihr Leben, wie sie es wirklich lebten. Nicht über das Arbeiterelend, zumindest nicht ausschließlich. Dieses war bereits seit langem Thema vieler literarischer Texte, die vor allem in der sozialdemokratischen Tageszeitung *Népszava* erschienen. In der Absicht, auf das Elend aufmerksam zu machen, erwiesen die Autoren dieser Texte den Arbeitern jedoch meist einen Bärendienst, indem sie sie als bloße Opfer darstellten, denen jede Tiefe fehlte, jeder Funken Leben abhanden gekommen war. Gelléris Figuren sind, so schlimm ihr Schicksal auch sein mag, nie bloße Opfer. Sie sind vor allem Menschen, die immer ernst genommen werden wollen. Das an sich bedeutet noch keine Schwierigkeit, denn Gelléri ist seinen Figuren stets nahe, wodurch man es als Leser auch ist. Und doch erweist es sich bei der Übersetzung als eine Herausforderung. Denn diese Intensität, diese Lebendigkeit erzeugt Gelléri häufig durch Übertreibung. Das Geschehen wird vergrößert, verlangsamt, verzerrt, wobei es sich oft an der Grenze zum Skurrilen bewegt. In den einzelnen Bildern wird diese Grenze sogar überschritten, das Karikaturistische blitzt für einen Augenblick auf, es ist aber schon wieder verschwunden, noch bevor wir es wirklich bemerken. Für die Übersetzung bedeutet das, dass genau die Attribute und Verben gewählt werden müssen, die dazu beitragen, der entsprechenden Szene das »Opalisierende des Lebens zu verleihen« – wie es sich Gelléri wünschte, als es darum ging, dass eine seiner Erzählungen ins Deutsche übersetzt werden sollte –, gleichzeitig muss man stets darauf achten, dass die Szene und mit ihr die Figur, für deren Unversehrtheit man als Übersetzerin die Verantwortung trägt, nicht ins Lächerliche kippen.

Überhaupt sind es bei Gelléri vor allem die Attribute, mit denen man behutsam und gleichzeitig beherzt umgehen muss. Das mag wie eine Binsenweisheit des Übersetzens klingen, schließlich haben die Attribute immer einen großen Einfluss auf die Färbung eines Textes. Bei Gelléri kommen jedoch spezielle, seinem Schreiben entspringende Schwierigkeiten hinzu, von denen ich nur zwei ansprechen möchte. Die erste ist die, dass Gelléri sehr viele Attribute benutzt. Ihm sind sie wichtige Helfer beim Aufbauen der Atmosphäre. Und der Übersetzerin sollten sie das auch sein, sie sollte sie dankbar annehmen. Und sie so lange in den Taschen tragen, bis sie den richtigen Platz für sie gefunden hat – wie ein Kind die im Wald gesammelten Steine. Oft sind diese Steine schwer, man befürchtet, die armen deutschen Sätze mit ihnen zu überfrachten, und gerät in die Versuchung, den einen oder anderen Stein unterwegs unauffällig fallen zu lassen. Doch diese Steine gehören in den Text, und mit ein bisschen Geduld findet man auch einen Platz für sie.

Die andere Schwierigkeit sind die Personifikationen. Im Ungarischen ist die Personifikation viel weiter verbreitet als im Deutschen, und das nicht nur in der Literatur. Und bei Gelléri spielt sie eine besonders große Rolle. Natürlich habe ich beim Übersetzen versucht, das weitestgehend zu wahren, aber in manchen Fällen erschien es mir nicht möglich. Hier nur zwei Beispiele: Gleich zu Beginn ist von »blinden Kellern« die Rede. Im Original steht »vaksi pincék«. Stünde hier »vak pincék«, wären die Keller zwar auch personifiziert, aber in einer Form, wie wir es auch im Deutschen durchaus verwenden, weshalb ich wohl ohne zu zögern »blinde Keller« geschrieben hätte. Die Endung »-si« gibt dem Wort »vak« jedoch eine zusätzliche Komponente, oder entzieht ihm vielmehr etwas, nämlich die Vollkommenheit des Blindseins. Jemand, der »vaksi« ist, ist nicht blind, er sieht nur sehr schlecht. Das Wort »vaksi« prophezeit das Schicksal, das die Menschen ereilen wird, die in diesen Kellern arbeiten. Man denkt an »dämmrige Keller«, was zu positiv, zu romantisch ist; an »dunkle Keller«, was zu direkt und emotionslos ist; an »düstere Keller«, das ist schon besser, aber immer noch zu direkt; an »trübe Keller«, bei denen die Traurigkeit mitschwingt, was schön ist, aber als Wortverbindung doch zu schwammig. Dann kommen einem noch kurz »lichtlose Keller« in den Sinn, aber eigentlich weiß man schon, dass die Keller »blind« sein müssen. Um das mit Sicherheit schreiben zu können, mussten aber alle anderen Möglichkeiten nach ihrer Tauglichkeit befragt werden.

Bei einer anderen Stelle, bei der es um Personifikation geht, habe ich mich, im Gegensatz zum eben genannten Beispiel, vom Original etwas weiter entfernt. Als Taube am Anfang des dritten Kapitels über seine Jugend nachdenkt, kommt er zu der Feststellung: »Ha-ha, was für eine gute Sache, was für ein kluges Wesen das Geld doch war«. Hier steht im Original, »was für eine gute Sache, was für ein kluger Mensch das Geld doch war«. Die Personifikation zu behalten, war mir wichtig, aber »Mensch« klingt auf Deutsch zu auffällig, zu gewollt. Und das ist Gelléri nie. Es ist gerade das Unverkrampfte, das seine Texte selbst in den außergewöhnlichsten Bildern kennzeichnet und einen immer wieder in Staunen versetzt.

Der letzte Punkt, den ich nicht weiter ausführen, aber auf jeden Fall erwähnen möchte, ist, dass Gelléris Texte nicht aus dem Ungarischen, sondern aus dem Gellérischen übersetzt werden müssen. Damit meine ich nicht den »unverkennbaren Ton des Autors«, über den ja auch viele andere Autoren verfügen, sondern die Tatsache, dass er ein ganz eigenes Ungarisch schreibt. Er verwendet die Sprache auf eine sehr ungewöhnliche Weise, wodurch man sich auch bei der Übersetzung nicht mit den herkömmlichen Problemen konfrontiert sieht, die man sonst bei der Übertragung aus dem Ungarischen ins Deutsche kennt. Das Schwierigste ist bei Gelléri, Wörter, die sich nie hätten träumen lassen, jemals nebeneinander zu stehen, mit derselben Leichtigkeit und Selbstverständlichkeit zusammenzubringen wie er es beim Schreiben tat. Denn nur dadurch können diese durch und durch von Leben erfüllten, oft an Visionen erinnernden Szenen entstehen. Diese Szenen, die er plötzlich durch sehr klare, summarische, in ihrer Einfachheit erschütternde

Sätze unterbricht: »Nur wer jemals die Aufgabe gehabt hat, Flecken zu entfernen, weiß, was sie bedeuten. Sie müssen auf jeden Fall verschwinden.« Wer Gelléri gelesen hat, wird daran nie wieder zweifeln: Die Flecken müssen verschwinden.

Timea Tankó, Mai 2015

BIOGRAFIEN

Andor Endre Gelléri (1906–1945) wird als Sohn eines Schlossers und einer Kantinenfrau in Budapest geboren. Auf Wunsch seines Vaters bricht er mit 15 Jahren das Gymnasium ab und absolviert eine Ausbildung an der Industriefachschule. Nebenher schreibt er erste Novellen, die bei Verlegern und Redakteuren auf großes Interesse stoßen. Leben kann er von seiner schriftstellerischen Arbeit jedoch nicht, und so beginnt er, die verschiedensten Lohnberufe anzunehmen. Mit dem Beginn des Zweiten Weltkrieges bricht die literarische Produktion Gelléris fast vollständig ab. Als Jude wird er in den Jahren von 1940 bis 1945 in verschiedene Arbeitslager deportiert und schreibt dort nur noch vereinzelt an Fragmenten zu einer Autobiografie. Er muss an einem der Todesmärsche in das KZ Mauthausen teilnehmen und stirbt wenige Tage nach der Befreiung des Lagers im Mai 1945 an einer Typhusinfektion. Seinen Roman »Die Großwäscherei« veröffentlichte er 1931 mit 24 Jahren, danach schuf er ein umfangreiches Werk an Kurzgeschichten und hinterließ einen unvollendeten autobiografischen Roman.

Timea Tankó wurde 1978 in Leipzig geboren und verbrachte ihre Kindheit in Ungarn und Deutschland. Sie studierte in Leipzig Kulturwissenschaften und Übersetzung (Französisch, Spanisch). Seit 2003 übersetzt sie ungarische Literatur ins Deutsche, u. a. Antal Szerb, Krisztián Grecsó, Miklós Vajda und István Kemény.

INHALT

DIE GROSSWÄSCHEREI

ANHANG

Titel der Originalausgabe:
A nagymosoda (Budapest, Pantheon, 1931)

Dank an Esther Kinsky

Die Übersetzung dieses Buches wurde gefördert vom Petőfi Literary Museum, dem Hungarian Books And Translation Office

Timea Tankó dankt dem Deutschen Übersetzerfonds
für die großzügige Unterstützung ihrer Arbeit
an der vorliegenden Übersetzung

Zweite Auflage Berlin 2016

Guggolz Verlag
Gustav-Müller-Straße 46, 10829 Berlin
verlag@guggolz-verlag.de

Druck & Bindung: Friedrich Pustet, Regensburg
Umschlag: Mirko Merkel und Daniel Wagner
ISBN 978-3-945370-04-9

www.guggolz-verlag.de